D+

dear+ novel

anikara sakini susumenai・・・・・・・・・・・・・・・

兄から先に進めない

渡海奈穂

新書館ディアプラス文庫

兄から先に進めない

contents

illustration : カワイチハル

兄から先に進めない
anikara sakini susumenai

1

『納期守れないならもう必要ないし。別の人頼んだから引き上げていいよそれ。お疲れ様』

チャットのそんな文字で、秋津充哉《あきつみつや》は仕事をひとつ失った。

二十五歳、フリーのシナリオライター、今は主にソーシャルゲームを中心に請《う》け負《お》っている。

そこそこビッグタイトルの期間限定イベントの一ルートを任されていたのだが、指定された納期をまったく守れなかった。

最初から無茶な納期設定だったとはいえ、渡されたプロットやキャラクター設定に齟齬《そご》がありすぎて原作ゲームのリプレイを繰り返し見て修正することに時間を取られたとはいえ、人気タイトルの人気キャラクターのルートだからとあれこれ考えすぎて筆が遅くなってしまったのは、充哉の責任だ。

チャットアプリの相手のステータスがオフライン状態になってしまった。ブロックされたのかもしれない。ダウンロードもしてもらえなかったシナリオのデータをアプリ上から削除して、ウインドウを閉じてしまったら、そこでもうゲーム運営会社との縁はおしまいだ。

「やらかした……」

仕事場は実家の自室。パソコンデスクの前から、すぐ横にあるベッドに倒れ込む。

スピードが勝負のソーシャルゲーム界隈《かいわい》で、手が遅いのは致命的だ。

元々はマイナーながらコアなファンのいるゲームメーカーに所属していたが、入社二年目で会社が破産して、解雇された。再就職もできないまま、なけなしのコネを頼ってフリーのライターとして仕事を請け負うようになり、今はほとんどソーシャルゲームのシナリオばかりを担当している。

「駄目だ……向いてない……廃業《はいぎょう》しよう……」

パソコンのモニターだけが光源《こうげん》の薄暗い部屋の中、充哉は陸に打ち上げられて一日経《た》った魚のようにベッドに横たわったまま、ひたすら呻《うめ》き声を漏らす。

キャリアを築く前にフリーになり、営業が下手すぎてコンシューマーゲームのシナリオになかなか関われない今、ソーシャルゲームだけが命綱《いのちづな》だったというのに、うまくできなかった。

しかもシナリオ内容が云々《うんぬん》という以前の問題だ。読んですらもらえなければ、何もしなかったのと同じことだ。そして当然ながらギャラも出ない。

（スピード勝負のソシャゲなら、クオリティ上げるより納期守る方がいいに決まってるのに、何で要領よくできないんだ俺は）

落ち込み始めると止まらない。最近の仕事すべてが中途半端なものに思えてきて、滑《すべ》り落ちるように思考がネガティブになり、そのうち会社に解雇された時の衝撃や恨《うら》み辛《つら》み、空虚さまでぶり返してくる。

チャットを終えたのは昼過ぎ、いつの間にか日が落ちて、明かりもつけない真っ暗な部屋の中で充哉は頭から毛布を被《かぶ》り、ベッドの上に膝《ひざ》を抱えて座る格好《かっこう》になっていた。

夜になったと気づいたのは、名前を呼ばれてからだ。

「うわっ、暗！　電気つけるぞ、ミツ」

いいとも駄目とも答える前に、部屋の電気がついた。目に入った光が眩《まぶ》しくて、充哉は頭の上の毛布を顔の前に引き下げた。

ベッドの隣が沈み、誰かがそばに座る気配がする。

「どうした、今日は。父さんたちが心配してたぞ」

呆れてはいない、でも優しいだけでもない、「しょうがないな、こいつは」と言外《げんがい》に告げるような、親しみのこもった声。

この世で一番充哉のことを知っている人の声。

「仕事干された……」

「マジか」

深刻な充哉の声音に対して、相手の口調は軽い。

「ここんとこ根《こん》詰めてやってたやつだろ」

「〆切守れなかった」

「あー、そりゃミツが駄目だな」

駄目だと、はっきり言われて充哉は却《かえ》ってほっとする。

「でも俺じゃなくてもっと有名ライターだったら、絶対もっと引っ張れた。俺が無名だから舐《な》められたんだ」

「いやそれ当たり前だし。〆切守らない無名と〆切守らない有名ライターなら、有名ライター取るに決まってんだろ」

「うるさい、正論言うなよ。慰《なぐさ》めろよ」

毛布を被ったまま八つ当たりで言うと、毛布ごとガシッと腕で肩を抱き込まれた。頭を撫でられる。

「はいはい、よしよしよしよしよし」

いい加減な慰めに腹が立って、布団の内側から相手の腕をドスドスと殴りつけた。非力だし、充哉の方が小柄だったため、相手はおもしろそうに笑うばかりだ。

それでも相手の腕の中で充哉は暴れ回り、仕事相手への不満だとか、この仕事に対する不安だとか、最近天気が悪くてイライラするとか、大きなものから小さなものまでとにかく文句を言った。言いまくった。

その間、布団の外側からは「うんうん」とか「へー」とか「そっかそっか」とか、親身なのかやはりいい加減なのかわからない相槌《あいづち》がいちいち返ってくる。

「もう弁当にたんぽぽ載せる工場とかに勤める。絶対その方が向いてる、俺は」

「いやミツすぐ自分の世界入るから無理だろ、ちゃんと検品《けんぴん》しないとまずいんだぞ工場は。最近は機械の自動制御でいけるって言うし」

「……正論言うなって言ってんだろ」

「気晴らしにバイトするなら顔出しゲーム配信とかどうよ、ミツならすぐ登録者数伸びるぞ」

「やだ、これ以上ゲームを仕事にしたくない……っていうか最近自分じゃ全然プレイできてないし……大体俺が顔出しして何のいいことがあるんだよ、おまえならともかく……」

「そりゃミツは可愛いからさ。その見た目でエグいキルレート出したら話題になるって」

「……バカじゃないの……」

正論を言ったかと思えば同じ口で適当なことを並べる相手に、真面目に反応するのも馬鹿馬鹿しくなってくる。疲れたし息苦しくもなってきたので、充哉は一度大きく溜息をつくと、もそもそと布団の中から顔を出した。

「お、出てきた」

すると真っ先に目に入るのは、笑いを堪《こら》えているような、眼鏡をかけた男の顔だ。

会社帰りのスーツ姿に、上着は脱いでネクタイは緩《ゆる》めて、すっかりくつろいだ格好になっている。

相手は端正で優しげなのに、何となく一癖ありそうな性格を感じさせる顔というか表情を、充哉に向けている。

充哉はそんな敬史郎《けいしろう》の顔を――眼鏡をかけた目許《めもと》を、ぼうっと眺めた。

「……ていうか、平日なのに何でわざわざ戻ってんだよ、敬史郎」

伊住《いずみ》敬史郎は四年前まで、この家で一緒に暮らしていた男だった。充哉よりひとつ歳上、大学を卒業して就職すると同時に、独《ひと》り立ちのために出て行ったのだ。

「ミツが部屋から出てこなくて、飯も喰わないって言うからさ」

そういえば、何度か母親に夕食だと声をかけられた気がする。面倒なので返事もしなかった――というか、そもそも意識の端に引っかかる程度で、ちゃんと聞いていなかった。

「メッセージの返事もないし」

スマートフォンは作業机の上に放り出したままだ。そういえば、ピロピロと通知音が鳴っていたかもしれないが、これもまともに充哉の耳に入ってはこなかった。

「今日だけじゃなくて、ここんとこずっと部屋にこもりっきりなんだろ。ベランダでいいからちょっとは陽の光浴びろよ、メンタルにもよくないぜ?」

「……めんどくさい」

「いやベランダすぐそこだろ」

「しろがいないから悪い。俺の生活に文句つけるなら、おまえが家にいて、面倒見たらいいだろ」

目一杯批難の気持ちを込めて言ってやったのに、充哉に返ってきたのは敬史郎のおもしろそうな笑い声だった。

「何がおかしいんだよ」

「いや、呼び方さ。『しろ』ってもう呼んでやらないって言ってたのになと思って」

「……」

ぶすっとした顔で、充哉は黙り込む。

敬史郎が家を出て行くと言った時、そんな子供染《じ》みた脅《おど》し文句で止めようとした。でも敬史郎にその脅しはまったく効かなかった。

「……いっそ、伊住さんって呼んでやろうか」

敬史郎の苗字は伊住。けれど高校まで、表向きには充哉と同じ『秋津』を名乗っていた。

「それはさすがに、寂しいなあ」

「……寂しいとか、どの面《つら》下げて」

小声で呟く充哉の頭を、宥《なだ》めるように敬史郎がまた撫でた。充哉はその腕を、鬱陶《うっとう》しげな仕《し》種《ぐさ》で押し遣《や》る。

「勝手に出て行ったのはおまえの方だろ」

「ははは」

笑うだけの敬史郎に腹が立って、充哉はその腕を、今度は遠慮なく殴りつけた。

非力すぎてダメージなんてちっとも与えられず、敬史郎は笑ったまま、懲《こ》りずに充哉の頭を子供にするみたいに抱き込んできた。

不貞腐《ふてくさ》れた顔をしつつも、充哉はこうやって敬史郎に抱き締められることに、ひどく安心してしまう。

——充哉にひとつ歳上の兄ができたのは、小学校四年生、十歳の時だった。

勿論《もちろん》、血は繋《つな》がっていない。

敬史郎の両親が交通事故で揃って亡くなり、伊住夫妻とは学生時代からの親友だったという充哉の両親が、里親として息子を引き取ったのだ。

養子縁組はしていないので、戸籍上でも充哉の兄になったわけではないが、通称名として彼も充哉と同じ秋津という苗字を名乗ることになった。ちょうど父親の仕事の都合で引っ越し、転校をするタイミングだったこともある。余計な詮索《せんさく》で敬史郎が傷つくのを避けるため、学校とも相談して、表向きは『秋津敬史郎』として過ごすことになったのだ。

だから高校時代までの知り合いのほとんどは、未《いま》だに充哉と敬史郎が本当の兄弟だと思っているだろう。

「大学に入る時から、家出てくこと決めてたんだろ、おまえ」

敬史郎から子供のように、あるいは犬猫のように頭をガシガシ撫でられながら、充哉はこの七年間繰り返し問い続けている言葉を、また今日も口にする。

「じゃなかったら名前変えないだろうし」

「変えたっていうか、元に戻したんだけどな」

充哉に、敬史郎ははぐらかすように答えた。この男はずっとこうだ。充哉がどんなに感情的になっても、笑ってふわふわと核心を逸《そ》らしていく。

大学では秋津敬史郎ではなく伊住敬史郎として通うと聞かされた時も、充哉はどうしてわざわざ変えるんだと責めるように訊ねたのに、敬史郎は笑って「わざわざ変えるのをやめたんだ」と答えた。両親も、「大学生ならもう大人だし家庭環境を詮索するような人もいないだろうから」と敬史郎の選択に賛成していて、充哉の「変える理由がわからない」という主張はまったく聞き入れられなかった。

「俺が大学も同じところ行くって考えなかったのかよ」

「だとしても俺は文系でミツは理系で、校舎が違うだろうなと思ったから。実際、違ったろ」

敬史郎の言うとおり、充哉は敬史郎と同じ大学に入学したものの、キャンパスの所在地は県を跨《また》ぐ距離で離れていた。

「そうなるように選んだんじゃないだろうな、大学」

「学力と学びたいことを配慮しての選択です。ってか別に、充哉が文系入ったってよかったんだけどな?」

そこで充哉が黙り込むのも恒例だ。充哉は理系脳で、国語の成績が極端に悪かった。受験くらいはどうにかなったかもしれないが、大学の四年間や就職して以降のことを考えれば、文系に進むのは得策《とくさく》ではない——と思っていたのだが。

（でも結局仕事はライターなんていう、文系以外の何ものでもないものになった……）

当初はプログラマとして入社したはずなのに、気づいた時にはシナリオを任されていた。やってみれば結構おもしろかったし、そこそこ結果も出せていたが。

（……けどやっぱり向いてないから、今これなんじゃないのか）

素直にプログラマとして経験を積んでおけば、もうちょっと潰《つぶ》しの利《き》く人生になったかもしれないのに。

向いていない物書きなんて始めてしまったせいで、終わってる。

「大丈夫大丈夫、充哉の書くものはおもしろいからさ。なるようになるって」

仕事のことを思い出して落ち込む充哉の様子に敏感に気づいて、敬史郎が明るく言う。明るくというか、軽くというか。

「……なるようになるって、全然、励《はげ》ましてないじゃん」

「とにかく飯喰え、腹が減ってるとネガティブになるんだよ。あと太陽浴びてセロトニン出さないと」

「やだ、めんどくさい。動きたくない」

敬史郎は有無《うむ》を言わさず、充哉の腕を摑んで引っ張った。

力尽《ず》くでベッドから下ろされながら、充哉は敬史郎を睨《にら》み上げる。

「ちょっとは人の話聞けよ」

「こういう時のミツの話聞いたって仕方ないだろ、堂々巡りしかしないんだから」

それはもう、敬史郎の言うとおりだ。

何しろ七年以上、同じ質問をして同じ返答を返されるのに、また繰り返すくらいなのだ。

(全然まともに慰めてくれたことない)

だからこそ敬史郎に甘えてしまうんだと、その自覚くらいは充哉にもあった。

慰めても仕方がないから放置する。真面目にアドバイスなんてしたところで、落ち込んだ時の充哉に届かないのは敬史郎が一番わかっているのだ。

(敬史郎しかわかってくれない)

充哉は腕を引かれるままベッドを下りたが、自分の足では立たず、敬史郎の体に目一杯もたれ掛かった。

「何だ何だ」

腹に抱きつかれた敬史郎は、充哉にされるまま、相変わらず笑っている。

「……うち、帰って来いよ。別に、ここからでも会社通えるだろ」

「ずっと秋津の家にいるわけにはいかないよ」

秋津の家、なんて言い方をしないでほしい。充哉は敬史郎の腹を締め上げる勢いで腕に力を込めた。

「痛いって」

でもやはり非力だから、敬史郎に応《こた》えた様子はない。

「伊住って呼ばれるのが寂しいって……置いてかれた俺の方が寂しいに決まってるだろ」

そう言っても、敬史郎は答えず、ただ充哉の頭を撫でている。

その撫で方が優しいのが、充哉には嬉しくて、それ以上に腹立たしい。

「――そんなに俺と離れたかった?」

訊ねる充哉の声が掠《かす》れたのは、答えを聞くのが怖かったからだ。

いつもいつも、この質問をするたび、怖くて仕方がない。

「うん、まあ、それは」

敬史郎はしょっちゅう充哉の問いをはぐらかすが、決して嘘は言わない。

だからそれが彼の本音であると、充哉はずっとわかっていた。

2

拗《こじ》らせてんなあ、と他人から言われたのは、充哉《みつや》が高校生になった時だ。

敬史郎《けいしろう》は秋津《あきつ》の家に来た時から勉強の出来る子供だったが、幸い充哉も科目によって差はあるものの、平均すれば敬史郎よりさらに賢く、同じ高校に入るのは簡単だった。

小学校、中学校は公立だったから考えるまでもなく同じ学校に進み、高校は充哉が選んで、敬史郎の後を追った。

「兄貴と同じ学校とか嫌じゃねえ？　俺もふたつ上のがいるけど、小中で散々面倒臭《さんざんめんどうくさ》い目に遭《あ》ったから、高校は別の学校にしようって決めてたけどな」

入学して間もなく、休み時間に、「秋津敬史郎の弟ってどれ？」と、二年生の集団が充哉のクラスを訪ねてきた。

短い休み時間を惜《お》しんで携帯ゲーム機でシミュレーションゲームに励《はげ》んでいた充哉は上級生の呼びかけを無視したが、誰かが「秋津って生徒ならあそこにいますけど」とご親切に答えてしまったので、充哉に兄がいることはクラス中に知れ渡った。

それで気の毒に思ったのか、同じく兄がいるというクラスメイトが、充哉に声をかけてきたのだ。

「今みたいに、知らない先輩とかが動物園のサル見に来るみたいに押し寄せてくるじゃん。いちいち『あいつの弟』って目で見られんの、俺は滅茶苦茶《めちゃくちゃ》嫌だったなあ」

「知らない人が何言ってても、別にどうでもいい」

本当にどうでもよかったので、充哉は手許《てもと》のゲーム機から目を上げずに答えた。

「メンタル強いな、おまえ」

名前も知らないクラスメイトは、充哉の受け答えに感心したように言った。

「兄貴いてもこの高校にしたのって、家近いとか、やりたい部活とか行事があったとか？」

彼は『兄弟のいる学校にわざわざ入るには理由があるのだろう』と決めつけていて、なぜかその理由を知りたがった。よほど不思議だったのかもしれない。

「家はそんな近くないし、部活はどこも入る気ないし」

「え、じゃあ何でこの学校？　おまえ入学式で挨拶《あいさつ》してたの、受験で一番だったからって噂だけど」

「さあ、単に『秋津』でア行だからとかじゃない」

たしかに新入生総代《そうだい》などというご大層《たいそう》な名目《めいもく》で挨拶《あいさつ》をさせられたが、目立つことが嫌いな充哉にとっては迷惑極まりなかった。なぜ自分がそれに選ばれたのかは知らないし興味もない。やりたくない、と言ったのに聞き入れてもらえず、心底嫌で入学式をサボろうとしているのを敬史郎に見透かされ、「ちゃんと挨拶したら、その日は一緒に寝てやるから」という甘言《かんげん》に乗せられてしぶしぶ承知した。敬史郎が中学三年生になるまでは充哉と同じ部屋を使っていたのに、受験勉強を始めるのを機に部屋を分けられてしまったことについて、充哉はずっと不満だった。

子供の頃から寝る時は敬史郎と布団を並べていたのだ。落ち込んでいる時や嫌な夢を見たあとや寒い日は、敬史郎と一緒でなければ眠ることができず、部屋を分けてからは夜がひどく長く感じられるようになっていた。だからこっそり敬史郎の部屋に入り込んだりもしたが、みつかれば両親に「敬史郎の勉強の邪魔をするんじゃない」と叱られ引っ張り出された。敬史郎自身は大丈夫だと笑っていたが、充哉がベッドを占拠《せんきょ》すると自分は椅子に座ったまま寝ていたりするので、結局、充哉だって敬史郎の受験勉強の邪魔はできずに引き下がるしかなかった。

そして充哉が受験生になってからは敬史郎も頑《かたく》なだった。「充哉の邪魔をするわけにいかない」と言い張り、充哉は受験勉強なんてしなくても敬史郎と同じ高校くらい楽に受かると豪語《ごうご》したら、「じゃあちゃんと勉強したら、もっといい学校に行けるだろう」と暗に進路変更を促《うなが》され、抗《あらが》うために充哉は自室にこもって勉強するふりをしなくてはならなくなってしまった。もっとレベルの高い私立校に進めとうるさく言う教師や両親を説得してくれたのは敬史郎だったから、その敬史郎に別の高校を目指せなんて言われたら、抵抗するのが難しくなってしまう。

――などという話を見ず知らずの相手にする気も起きず、充哉はただ黙り込む。

「もしかして、逆に、兄貴がいるからこの学校にしたとか？」

充哉が何も答えずにいるうち、相手は勝手に想像を逞《たくま》しくして、訝《いぶか》しそうに訊ねてくる。その想像は正解でしかなかったが。

「まあ。あいつが決めたとこなら変な学校じゃないだろうから」

「……」

相手は黙り込んだが、ゲームに意識のほとんどを持って行かれていた充哉は、気にしなかった。

「……ブラコン？」

しかし遠慮がちに、無遠慮なことを相手が訊ねてくるのは、聞き逃せず。

「は？　そもそもあいつを兄貴だと思ったこととか、一回もないけど？」

強い調子で言い返した充哉に、相手は鼻白《はなじろ》んだような様子で「ふーん」と相槌《あいづち》を打った。

「何か、拗らせてんなあ」

さらに独り言のように呟いてからは二度と話しかけてこなかったので、ゲーム機から視線を上げずじまいだった充哉は、相手の名前どころか顔すらも知らずにいた。

そのクラスメイトに限らず、充哉は学生時代のほとんどの同級生の名前を覚えないまま終えてしまった。

他人と一切馴染もうとしない充哉のことを、周囲は大抵「頭がいいけど、変わり者」という扱いで、遠巻きにしてくれた。

そうやって平和な生活を送れればよかったのに、けれどもこの高校時代は、充哉にとって人生で一番面倒で厄介《やっかい》な、忘れ難《がた》いものになってはしまった。

◇◇◇

そもそも学校で目立たず生きるには、まず敬史郎の存在が問題だったのだ。

何しろ敬史郎は常に人の中心にいる。

勉強ができるだけの生徒なら他にもいたし、運動もできる方だが部活動に入っているわけでもなく、見た目はいいとはいえ芸能事務所に所属しているとかいう三年生の男子生徒の方がわかりやすく女子生徒に人気があった。

なのになぜか、敬史郎の周りにはいつだって、男女問わず誰かしらが群がっていた。一人でいる時間などないのではと、校内で敬史郎を見るたびに充哉は思って——おもしろく、なかった。

「同じクラスの女子がおまえに紹介しろって近づいてきて、鬱陶《うっとう》しいんだけど」

昼休み、校舎の片隅でちまちまとパンを囓《かじ》りながら、充哉は隣に座る敬史郎に苦情を申し立てた。

少子化のせいで使われなくなった教室が増えて、そこに到る階段は、人目を避けて居座るのにもってこいだ。

「『嫌』とか『無理』とか『自分で声かければ』って答えてんだろ？」

充哉の性格などお見通しという感じで、敬史郎が言う。

「そう言ってるのに、次から次へと来るんだよ」

不機嫌に充哉は答えた。

「何でいちいち俺を通そうとするんだか」

「まあ弟経由っていうのがアドバンテージに思えるんだろうなあ。別にいつ話しかけてくれたっていいのに」

コンビニ弁当を口に運びつつ、敬史郎は笑っている。そんな敬史郎を、充哉は横目で睨んだ。

「これ以上おまえの周りに群がるやつ増やすなよ、めんどくさい――」

「あっ、敬史郎、ここにいたのか」

言う途中でそんな声が聞こえたので、充哉は思いきり顔を顰《しか》めながら、階段の下からこちらに向かってくる男子生徒の視線を避けるように、体の向きを変えた。

（ここもう、駄目か）

昼休みくらいは敬史郎と二人でいたいから、極力人のいないところを探して一緒に昼食を取っているのに。

すぐにこうして誰かが居場所を嗅《か》ぎつけては、邪魔をする。

「って、また弟君も一緒か。マジ仲いいよな、おまえんとこ」

そう思うなら、割って入らないでくれよ。

――などという本心を口に出せるような性格だったら、どれだけよかっただろう。

他人は苦手だ。特に、敬史郎の周囲にやってくるタイプは、みんな明るくて前向きで、圧が強い。人気者の敬史郎のそばに自分がいてもいいと思えるなんて、自分に自信のある証拠に決まっている。その手の人間と向かい合うのが、充哉は極端に不得手《ふえて》だった。

「てか俺、めちゃ嫌われてる？　弟君とも仲よくしたいのになあ」

充哉の方は、こんな明るく人好きしそうな笑顔で話しかけてくる人と仲よくできる気がしない。怖いので相手からつい露骨《ろこつ》に顔を逸らしてしまう。

「で、どうした？」

敬史郎は男子生徒を直接止めるでもなく、充哉の態度を諫《いさ》めるでもなく、ただそう訊ねて話を変えるだけだ。

「ああ、修旅《しゅうりょ》の日程出たからさ。グループ分けどうするって話、次のホームルームでするっぽいから先に捕まえとこうと思って」

この高校は二年生の五月に修学旅行がある。

「それじゃホームルームの時に決めようぜ」

「えー、絶対早いもの勝ちになっちゃうじゃん」

敬史郎と男子生徒の話を横で聞いていて、充哉の頭に浮かんだ嫌な予感の通り、同じ用件を持った人間が次々とこの場所に現れた。

男女入り交じったその五人は、気づけば当の敬史郎にすら背を向けて、誰が敬史郎を自分のグループに入れるかジャンケンで決めようとし始めている。

敬史郎は人ごとのような顔で弁当を食べ終え、空の容器を片づけていた。

「人気者じゃん」

充哉も食べ終えたパンの袋を丸めながら、皮肉たっぷりに敬史郎に言う。

「まあ、ありがたいことだよな」

「……俺は留守番なのに」

不貞腐れる充哉の肩に、敬史郎が腕を回した。

「飲み物足りなかった、ジュース買いに行こうぜ」

敬史郎に引っ張り上げられるようにして、充哉は座っていた階段から立ち上がった。

「あれ、敬史郎、どこ行くんだよ」

気づいて声をかける友人に、敬史郎が振り返らずに軽く手を振る。

「俺がどの班になるか決まったら教えてくれ」

五人の不満そうな声を聞き流して歩き出す敬史郎と並んで、充哉も歩き出しながら、敬史郎を見上げた。

「いいの、あの人たち放っておいて」

「いいよ、班なんてどこでも」

敬史郎は相手が誰であろうと支障なくつき合える。コミュニケーション能力がマイナス値の充哉とは正反対だ。

（でも俺といる時は俺を優先してくれる）

それが当然だし、そうするべきだと充哉はどこかで思っている。

そうして欲しい、というのとも違う。

敬史郎が秋津の家に来た最初から、敬史郎は充哉のものだった。

それまで充哉の世界には自分しかおらず、外との繋《つな》がりはなかった。繋がりたいと思ったこともない。本の中か携帯ゲーム機の中だけが充哉の内側にあって、外からの干渉はすべて煩《わずら》わしく、両親の叱責《しっせき》も泣き声も『近所の子』『同級生』の言葉もノイズでしかなかった。

初めて「あ、自分以外にも言葉を発する生き物がいたのか」と知ったのが敬史郎と会った時だ。

そこから芋《いも》づる式に『お母さん』や『お父さん』が現れて、彼らの言うとおり食事をしたり寝起きした方が生活しやすく、『同級生』『先生』には話しかけられたら素直に答えた方が面倒が減ることを理解した。そうした方がいいと教えてくれたのは敬史郎だ。

理由はわからないが、敬史郎の言葉だけは最初からストンと充哉の頭に入ってきた。

だから充哉にとっては敬史郎がそばにいることが当たり前なのだ。自分の意志にも相手の意志にもかかわらず。いる前提で生活が、人生が、進んでいる。

とはいえさすがに、修学旅行という学校行事に「行くべきではない」と口にするほど、物の道理のわからない子供でもなかった。小学生の頃はそう言って不貞腐れたら、敬史郎が「じゃあやめようかな」と言い出し、そのせいで自分ではなく敬史郎が怒られる羽目《はめ》になったのを見て、「言わない方がよかったらしい」と学んだ。

（嫌だけど我慢しなくちゃいけないことが、世の中にはある）

ということはわかったのだが、不機嫌になることは止められない。

「敬史郎が俺と同い年だったらよかったのに」

「いや同い年でも絶対クラスは離されるし、旅行で同じ班になるってこともないだろ」

敬史郎が正論を言うのに、充哉はムッとする。

「俺が年上ってことでミツが許されてるとこもあるんだから。同級生より、先輩後輩の方が居心地いいよ、多分」

しかし相手の言うこともまあ、わかる。無愛想で取っつきの悪い自分が露骨《ろこつ》なイジメの対象にもならずに遠巻きに放っておいてもらえているのは、敬史郎が先輩、かつ人気者であるおかげだ。敬史郎に嫌われたくないから充哉に手を出さない。

「でも、しろの弟って有名になるの、居心地よくはない」

「そのうち飽きるだろ、みんな。ミツが入学してまだ一ヵ月ちょいってとこだから物珍しいだけで、最近はわざわざ教室まで見に来るような奴もいなくなったろ？」

敬史郎は充哉と一緒に外に出て、校舎脇にひっそりと置かれている人気のない自動販売機で人気のないジュースを買いながら言った。まずいと評判のミックスジュースを充哉にも買ってくれようとしているので、慌てて止める。

「いいよ、喉《のど》渇いてないから。――俺のとこに来なくたって、さっきみたいに知らない人が割り込んでくるの、嫌なんだけど」

「またどっか人が寄り辛《づら》いとこ探すかぁ」

答える敬史郎の調子は軽い。敬史郎も友人の邪魔が入るのを嫌がっているのか、ただこちらに合わせているだけなのか、充哉にはいつもよくわからない。

結局は自分の思うとおりになるのだから文句はないが、時々そういう態度に、何でか物足りなさとか、苛立《いらだ》ちのようなものを覚えることはあった。

「今年沖縄なのに、海開き前に行くとか無慈悲《むじひ》だよな、うちの学校」

ジュースを飲みながら、笑って敬史郎が言う。

「いいじゃん、大好きな『飛行機』に乗れるんだから」

「うん、それは、まあ」

当て擦《こす》りで言ったつもりなのに、敬史郎が嬉しげになるものだから、充哉は却《かえ》ってムッとした。

小さい頃から、敬史郎は飛行機のパイロットになりたいと言っていた。それも旅客機《りょかくき》ではなく、戦闘機の方だ。航空自衛隊に入ってパイロットとして働きたいとか何とか。じゃあ高校卒業したら防衛大に行くんだな、などとミリタリー好きの父親と盛り上がっているのを聞いた時、充哉はぞっとした。

(防衛大って、学費タダの上、完全に寮なんだろ)

そんなの、敬史郎の希望に適《かな》いすぎる。

口には出さないが、敬史郎が秋津の家の負担にならないよう常に考えていることなんて、充哉には丸わかりだった。

敬史郎の両親の死は突然で、息子のための蓄《たくわ》えも充分と言えるほどではなかった。なくはないが、大学まで余裕で私立に行けるほど潤沢《じゅんたく》とは言えない程度、らしい。さすがに具体的な金額までは充哉も知らないが。

幸い充哉の両親はそれぞれフルタイム勤務で余裕はあり、本来なら充哉の弟妹が欲しかったがなかなかうまくいかず——というところで敬史郎を引き取ることになったから、金銭的な面での負担は一切考慮しなくていいと、かねがね敬史郎本人に伝えてはいるようだ。

かといってそれで甘えるような性格でもなく、敬史郎はやはり、どんな局面でも極力出費の少ない選択をしている。

防衛大なら入った時点で就職は確定、学費が無料どころか給料まで出る。敬史郎にとっては理想の進路だろうが、充哉にとっては冗談ではない。高校卒業と同時に家を出て、そして二度と帰ってこないかもしれないのだ。

(しかも敬史郎なら、絶対、受かる)

学科試験は問題ないだろうし、身体測定があるというが身長体重視力共に何ら問題なく、大きな病気も怪我も縁遠く健康で頑丈《がんじょう》だ。

「……空自のパイロットとかさ。適性ないと無理なんだろ、あと英語ヤバいじゃん、しろ」

「そりゃミツに比べればヤバいけど」

文系科目が理系よりは苦手な充哉だが、英語は授業で習う程度ならほぼ完璧だ。敬史郎も学年上位の成績なのに、常に一位の充哉と比べられてしまうと、苦笑しか出てこないようだった。

「必要になったら死ぬ気で勉強するよ」

「……」

どう言ったら、敬史郎が高校を卒業して家を出て行くなどという選択をせずにいてくれるのだろう。

(子供の頃の夢なんて諦めろとか……それこそ子供の言い種《ぐさ》だし)

自分の言葉が敬史郎を縛《しば》ることになるのは嫌だった。

(俺の言葉に、ってことなら、別にいいんだけど。秋津の家の人間の言葉にってなったら、嫌

だ)

恩がある家の子供に言われたからという理由で夢を諦められるのは、嬉しくない。

敬史郎が自分を優先してくれるたびに感じる物足りなさや苛立ちは、もしかしたらそういうことなのかもしれない。秋津充哉個人に対して他の友達よりも好意を抱《いだ》いているわけではなく、ただ、世話になっている家の子供だから遠慮しているだけではと、時々感じるせいだ。

「お、そろそろ教室戻るか」

予鈴が鳴ってしまった。ジュースを飲み終えた敬史郎が少し離れたところにあるゴミ箱に向かうのを、名残惜《なごりお》しい気分で眺めていた充哉は、唐突に背中に衝撃を感じてよろめいた。

「痛《い》て……」

「あ? 何だよ、邪魔なんだけど?」

眉を顰《ひそ》めて振り返ると、同じ一年の学年章をつけた坊主頭の大柄な生徒が、充哉を上から睨みつけていた。

邪魔と言われても、相手は特に自販機に用があるふうでもない。わざわざこちらにぶつかりにこなければ当たるような位置でもないのだ。充哉は自分に非があるとも思えず、何も言わずにいた。なぜこんなことが起きるのか意味がわからなかったので言葉が出なかった、というか。

「は? シカトですかあ?」

明らかに煽《あお》るような口調と目つきを向けられる意味もわからず、何となく面倒なので、充哉は黙ったまま敬史郎のそばに行こうとしたが、先に敬史郎の方がゴミ捨てを終えてこちらに戻ってくる。

先輩がいることに今気づいたようで、相手は小さく舌打ちした。

「ベタベタして、気持ち悪《わり》ィ兄弟」

充哉にだけ聞こえる声で吐き捨てるように言ってから、最後に不快そうに歪《ゆが》めた顔を充哉に向け、相手が校舎の方へと去っていく。

「……は？」

「あれミツと同じクラスの奴じゃん」

充哉は充哉で言われたことにムッとしてまた眉根を寄せていると、隣に来た敬史郎が言った。

「そうだっけ。知らない」

「割と声かけられてるだろ、ええと、野球部の桑原《くわばら》だっけかな」

「よく覚えてんね」

充哉の方はクラスにそんな名前の生徒がいることなんて知らなかったし、顔すら覚えがなかった。

でもそういえば、ろくに会話の続かない自分を持て余して周囲が遠巻きにする中、一人だけ妙にしつこく話しかけてくる男子生徒がいて、それがさっきの桑原とかいう奴だったかもしれないと、充哉は朧気《おぼろげ》に思い出す。

「前に野球部のツレに誘われて紅白試合呼ばれた時、ピッチャーやってたのがあいつだったよ」

この学校の運動部は弱小チームばかりだから、部活動もお遊びのようなものだ。それで帰宅部の敬史郎はたまに人数合わせで呼ばれて、練習に参加することがある。

(敬史郎なら、どの部に入ってもエースになったり部長やったりしそう)

敬史郎が部活動をやらない理由も、おそらく金銭面や保護者への負担を考えてだろうと充哉は思っている。どんな部活でも道具を揃えれば金がかかるし、父母会の活動も必要になってくるから。

何が理由にせよ、敬史郎が自分以外のことに時間を取られることなく、休みの日を一緒に過ごせて、登下校まで並んでできることが、充哉は嬉しい。

そしてそれを腐《くさ》すようなことを言ったさっきの、何とかいう名前の生徒に、いい印象はもちろん持てなかった。すでに名前も忘れているが。

本当にその頃の充哉にとって、敬史郎の存在以外、世の中のすべてがどうでもよかったのだ。

◇◇◇

だから敬史郎が修学旅行に行ってる間は、つまらない思いしか味わえなかった。

「やっぱウゼぇ二年がいないと、グラウンドもスッキリしていいよな」

休み時間に教室でそんな声が聞こえてきた時は、「何言ってんだこいつ」とカチンときたくらい。

しかも声が大きくて耳障《みみざわ》りだし、前の席の机に腰を下ろしているものだから、目障りでもある。

それで充哉がつい目を上げると、妙に見下すような眼差しとかち合った。

「ああ、秋津は、大ちゅきなお兄ちゃんがいなくて、寂しいか？」

嘲笑《ちょうしょう》するような言葉と言葉遣いに、充哉は怪訝《けげん》な気分になった。

教室で授業中の教師以外に話しかけられることがほとんどないから、まず自分の名前が呼ばれたということ自体、そしてあからさまな悪意を持った言葉が向けられたことにも、「何で？」という気分になる。

それで表情を曇《くも》らせたのを、おそらく充哉が傷ついたと認識したのだろう、相手は勝ち誇《ほこ》ったような顔に変わった。

「高校生になってもお兄ちゃんお兄ちゃんって兄貴の尻追っかけ回してるの、すげぇウケるよな」

敬史郎を兄と呼んだこともないし兄だと思ったこともない。しかしその辺りの事情を説明するつもりもないから、充哉はただ面倒を避けるために、トイレにでも行ってやり過ごそうと立ち上がった。

だがその行く手を、相手の足が阻《はば》んだ。体に当たるスレスレの距離に、蹴《け》りを繰り出されたのだ。

（……誰だっけ、こいつ）

一連の言動の意味がわからず相手の顔を見上げて、充哉は内心首を捻《ひね》った。見覚えがあるような、ないような。

「シカトすんなって。話しかけてやってんだからさ、返事くらいしろよな」

相手が嘲笑を浮かべている意味も、充哉にはよくわからない。

「ええと……誰かと、間違ってない？」

そもそも話した覚えもないのだから、相手が自分を別の友達と勘違いしているのではないかと思ったのだ。

訝《いぶか》しげに問うたら、相手の顔がカッと赤くなった。

「あ、ごめん」

間違いを人前で指摘するのはよくないと敬史郎から言われたことがあるのを思い出して、充哉は相手に謝って、そそくさとその場を後にした。背後で、ガタンと大きな音がする。椅子か机が倒れた音だ。

「桑原おまえ、やめとけよもう……」

別の誰かの困惑したような声を聞いて、充哉はようやく、相手が桑原という生徒だったことを思い出した。

(『野球部の桑原』だ)

敬史郎の言葉なので何となく覚えている。自分によく声をかけているとかいう生徒だ。

そこでようやく、充哉は桑原の顔と名前と声が一致した。そういえば前に自販機の前でよくわからない絡まれ方をした相手だった気がする。

(でも、何で俺に話しかけてくるんだ?)

ただ、その日を境に、桑原はさらに充哉に絡《から》んでくるようになった。充哉にはわからない理由で、急に怒り出したり、当て擦りを言ったり、足をかけて転ばせようとしたり、机の上のものをわざと落としたり。

「やめなよ、桑原君」

ささやかな嫌味やわざと肩をぶつける程度なら誰も気づきもせず、充哉も無視していたが、度が過ぎる時は見かねたクラスメイトが注意する。

「だってこいつ、何様だよ。俺ら話しかけてもシカトばっかで、おまえだってムカつくだろ」

それでも桑原は悪びれずそう答え、諫めた方は「それはそうだけど……」というようなことを言って引き下がる。

何にせよ充哉はいちいち相手をする気にはならず、落とされた教科書やノートを自分で拾い上げ、机に並べ直したりするだけだ。

「ほらな。バカで子供な俺らのことは相手にもできませんってよ。お兄ちゃんがいればそれでいいんだよ、こいつはさ」

――敬史郎がいればそれでいいなんて、当たり前だろ。何言ってるんだよ。

桑原の嘲笑《あざわら》う声に内心で呆れながら、充哉はただ、「敬史郎、早く帰ってこないかな」と、そのことばかりを考えていた。

◇◇◇

敬史郎が不在の間にエスカレートした桑原の充哉に対する嫌がらせは、修学旅行が終わった後も続いた。

他の生徒たちはそれとなく桑原を止めて、充哉に対しては当たらず障《さわ》らずの態度だったから学校生活に支障はなかったが、七月に入ると風向きが変わった。

文化祭の出し物について、クラス内で話し合いが持たれるようになった頃からだ。

妙に学校行事に力を入れる校風で、特に十月に行われる文化祭は、一学期のうちから盛り上がる一大イベントだ。地域でも有名な祭りの扱いで、生徒によっては文化祭が目当てで入学する者もいるほどらしい。

充哉のいるクラスもご多分に漏れず、ホームルームや休み時間、放課後まで、長々と自分たちの出展内容について話し合いをしていた。

「オバケ屋敷とか、ベタ過ぎるじゃん。おもしろ味《み》がねえよ」

「映画撮るとか舞台とか簡単に言うけどさあ、準備すげぇ大変だろ、うちの学校映像研も演劇部も強いのに、それと同じことができるのかよ」

「だから、屋台がいいんだってば。私絶対飲食店がいい」

それぞれの希望に合わせて教室内で派閥ができあがり、本気の議論というか、喧嘩《けんか》に近い口論にまで発展している。

「秋津君、全然意見出してないけど、何がいいの？」

休み時間だし、我関せずの顔で携帯ゲームに励んでいたら突然名前を呼ばれて、充哉は驚きながら顔を上げた。

「え……別に、何でも」

「何でもじゃ困るよ。ちゃんと意見出して、話し合おう？」

至極《しごく》真面目な顔で言うのは、クラス委員だったか、文化祭実行委員だったか、全然関係ない女子生徒だったか。

彼女だけではなく、教室にいる生徒すべてが、自分の方を見ている。

それがひどく居心地が悪く、全員が真面目な、思い詰めたような顔をしていることに、充哉はどうにも気後《きおく》れした。

「……めんどくさ」

独り言のつもりだった。口の中で呟いただけの言葉は、それまで侃侃諤諤《かんかんがくがく》の議論で賑《にぎ》やかだったはずの教室の中で、妙に浮き上がって、響いた。

「ひどい……」

充哉に声をかけてきた生徒が、急に泣き顔になった。それを慰めるように他の女子生徒たちが彼女を取り囲み、充哉を睨みつけてくる。

(何これ)

そこから、桑原だけではなく、他の生徒たちがやたらと充哉に厳しいことを言ってくるようになった。

「秋津君、ちゃんと自分の意見出してよね」

「おまえ得意なものとかあるだろ、実現できるできないは別として、他のクラスと被《かぶ》らないような案出してくれよ」

他の生徒たちに入れ替わり立ち替わり詰め寄られて、充哉はただただ困惑する。

「あの、やれって言われた作業はやるから、勝手に決めてくれていいんだけど」

「秋津の意見言えって」

充哉の主張は聞き流され、ひたすらに、積極的な参加を求められる。

話し合いの末、どうやら出展内容は何かしらの飲食物を出す店で決まったらしい。充哉は教室内の飾り付けの係に割り振られたようなのだが、今度はその飾り付けをどう行うかの話し合いに参加するよう繰り返し言われる。

「秋津、おまえもうちょっと、真面目にやれよな」

誰かもわからない生徒にしょっちゅう叱られた。

「だから言ったろ、そいつ、自分のことしか考えてない自己中野郎なんだって」

桑原は鬼の首を取ったように、先陣を切って充哉を糾弾《きゅうだん》した。

諫める者はもうおらず、桑原は日増しに充哉に対する当たりを強くしていった。

充哉には、それが居心地悪くて仕方がなかった。

◇◇◇

「何でみんな、俺にやいやいうるさく言うんだろう」

昼休み、誰かに捕まる前にと、充哉はチャイムが鳴るなり教室を抜け出した。

屋上に続くドアの前にしゃがんでコンビニのサンドイッチを口に運びながら、敬史郎の隣で、深々と溜息をつく。

「適当に仕事割り振られたら、その分はやるって言ってるのに」

「ミツに興味あるんだよ、みんな。何やりたいのか本音で言ってほしいから、黙ってるのがもどかしいんだと思うぜ？」

「何って、だからやりたいものとかないって説明してるんだけど。何度も」

うーん、と敬史郎が天井を仰《あお》いだ。

「まあ、信じられないんだろうな、ミツが本気でゲーム以外に興味ないっていうのが」

「何で」

「学年一位だろ、いろんなこと知ってそうに見えるんだ。やれば長距離以外の運動もできるのは、スポーツテストでバレてるだろうし。出来ることを隠すなって思ってるんだろ、みんな」

「そういうのと文化祭がどうこうって能力は、多分別物じゃん、俺にやりたいものなんてゲームしかないって言ったら怒られるだろ、それはそれで」

「言い方次第じゃないか？　ゲームの世界観再現しつつの喫茶店とか迷路とかウケそうだろ、当たり前の企画に見た目だけ後付けすれば、ちょっと凝《こ》ってみました感も出るし」

すぐにそんな案が出てくる敬史郎に、充哉は感心したが。

「ウケるならそれに決まっちゃって、余計なことあれこれやらされる気がする……」

「好きなゲームの再現とかならミツだって楽しくないか？　まあ面倒なら、『権利関係でヤバそうだから実現は無理』とか言って、逃げればいいんだよ。ネットで拡散されたらみんなが迷惑するから下手なネタ出してごめん、って殊勝《しゅしょう》にしとけ。とにかく案を出したって姿勢見せておけば、周りはそこそこ納得するから」

充哉が敬史郎を尊敬するのも、不安を覚えるのも、こういうところだ。

要領がよくて人付き合いが上手い。他人に対してここを押さえておけば大丈夫、というポイントを見抜くのが得意なのだ。

他人が相手であれば、そういう対応は充哉の方も面倒が減って、ありがたいばかりだけれど。

(——俺に対しても、俺が面倒臭いからとりあえずこう言っておけば大丈夫、ってとこを押さえてるだけじゃないか?)

自分まで敬史郎にそんな小手先《こてさき》の対応をされているかもしれないと考えるだけで、気分が塞《ふさ》いだ。

昼休みを終え、教室に戻った後もクラスメイトたちから繰り返される詰問《きつもん》に辟易《へきえき》して、充哉は結局敬史郎の提案通りのことを口にしてしまった。

「ゲームのコンセプトカフェって、いいじゃん」

くだらない、と一蹴《いっしゅう》されることを想像していたのに、なぜかクラスが盛り上がり、充哉は内心焦《あせ》った。

「いや、でも、権利とか……」

「高校の文化祭でパクったって、いちいち文句言う会社とかないって」

「で、でも、ネットとかに上げられて炎上とかしたら、ええとクラスにも迷惑が」

「じゃあ金取らない迷路の方にしようよ。名前とかデザインとかちょっとずつ変えてパロディって感じにしたら、笑ってもらって終われるんじゃない？」

それであれよあれよという間に、充哉（正確には敬史郎）発案の企画が、正式にクラスの出展内容として通ってしまった。

「じゃあ飾り付けの方は、秋津君が中心になって考えてね。他にもゲーム詳しい子いたら、手伝って！」

「や、俺は別にそういうの……」

「秋津君部活も委員会もやってないよね。がんばろ！」

「……えー……」

盛り上がった生徒たちは、充哉の反論など聞いてくれず、気づいた時には内装の責任者などという役割までつけられてしまっていた。

帰宅してから、充哉は敬史郎に八つ当たり気味に抗議した。

「しろが無駄にいい案とか出すから、決まっちゃっただろ！」

「うーん、提案する時の態度とかも伝授《でんじゅ》すればよかったか……？」

敬史郎は充哉に責められても悪びれる様子はなかった。元々相手に落ち度がないことなんて、充哉も承知しているが。

それでも充哉は敬史郎の部屋に入り込み、勝手にベッドに上がって膝《ひざ》を抱えて座りながら、学習机の前に座っている相手を恨みがましく見遣《みや》る。

敬史郎の方は当たり前のようにクラスの企画の中心になっているようで、一緒に帰れなかったことも、充哉にはおもしろくない。

「大体十月が本番なのに一学期から準備始めるとかおかしい、うちの学校」

「俺はそれが楽しみで入ったぞ」

「しろが入った学校なら俺が入るのもわかってただろ」

我ながら滅茶苦茶《めちゃくちゃ》な言いがかりだと充哉は思うのに、敬史郎は気分を害するふうもない。

「流れで仕方なくとはいえ関わっちゃったなら、変に逃げようとするよりいっそ中心に行った方がトータルで面倒が減るぞ。ミツにとって楽そうな作業を独り占めして、あとは別のやつに振ればいいんだよ」

そう言われて、充哉はしぶしぶながらに納得するしかなかった。

好きなゲームに絡めて一人でアイディアを練るのは、たしかに結構楽しい。それでいくつかデザイン案を出してみたら、飾り付け班の生徒からは「秋津君がこんなに頑張ってくれたんだから、ちゃんと考えよう！」という意見が多く出て、風当たりが少々和《やわ》らいでくれた。

（たしかに全部、敬史郎の言うとおりなんだよな……）

迷路自体のレイアウトや教室外の装飾、衣装のグループなどは何かと揉《も》めているようだが、充哉が内装の方に専念する姿を見せれば「参加しろ」とうるさく言う者はいない。

そうこうしているうちに、気づけば一学期が終わった。本格的な準備は二学期に入ってからになるので、夏休みの間は一、二度登校して「企画会議」とかいうのに顔を出せばよかった。家で各々《おのおの》装飾に使う細かい飾りなどを作るように（これも敬史郎の入れ知恵で）提案した甲斐《かい》もあった。

充哉はそれで割合のんびりした夏休みに入ることができたのだが、敬史郎の方は、やたら忙しそうだった。

「芝居の経験者と文芸部員とコスプレ得意なやつが意気投合しちゃったから、熱の入りようがすごくて」

という敬史郎のクラスは、ステージでの演劇発表になったらしい。

敬史郎は当然の如《ごと》く主役。本人ははっきり言わないが、どうも敬史郎を主役にするための演劇選択、脚本制作のようだった。よって敬史郎が準備から逃《のが》れられるわけもなく、彼自身も積極的に参加しようとしている。

つまりは文化祭の準備に時間を取られて、充哉と過ごす時間が極端に減ってしまった。

当然ながらそれが充哉には不満だった。

「じゃあ練習、見に来るか?」

文句をつけると、敬史郎が気軽に誘いをかけてくるものだから、充哉は夏休み中に敬史郎のクラスの練習を見学しに行くことにした。

他の生徒と一緒にいる敬史郎を見るのはおもしろくないが、自分の知らないところで敬史郎が他の誰かと親しくしているかもと考えて苛々するよりは、多少ましな気がしたのだ。

「おまえマジで弟連れてきたのかよ」

充哉が敬史郎のあとについて二年生の教室に入るなり、先にそこにいた生徒たちが騒ぎ出した。

「ていうか、弟も二年の教室とかよく来るよなあ」

呆れ半分、感心半分という声をかけられ、充哉は敬史郎の背中に隠れるようにしながら曖昧《あいまい》に頭を下げた。

それから教室の隅に用意された椅子に座り、自分のせいで中断した練習が再開される様子を眺める。活気があって積極的な意見の出し合いをしているが、ギスギスせず雰囲気が明るい。

その中で敬史郎は何かと意見を求められる立場にあるようで、主演というよりはプロデューサーのような立ち位置にも見える。

(本当、どこにいたって目立つっていうか、目立たせられてる)

本人が出しゃばることはないのに、みんなが敬史郎の言葉を聞きたがり、敬史郎の判断を知りたがる。

(しろは、人のことよく見てるから)

空気を読んで当たり障りないことを言うだけなら、こうまで人に頼られたりはしないのだろう。敬史郎はあまり他人から自分がどう思われるかは頓着《とんちゃく》していない。好かれようとしてあちこちにいい顔をしているわけではないのに、結果として周りに人が集まる。言葉に説得力があるらしい。敬史郎の言うことは全部もっともらしく聞こえる。充哉が「敬史郎がそう言うならそれが正しいんだろう」とその場では思ってしまうように、他の人たちも同じことを感じているようだった。

敬史郎は嘘は言わないと信じられる。少なくとも、本人が思ってもいないことは口にしない。

椅子の上で膝を抱えながら、ぼんやりと敬史郎を眺めていた充哉は、不意に真横から声をかけられてぎょっとした。

「チョコ食べる?」

「はいどうぞ」

いつの間にか女子生徒がひとり充哉の隣にいて、大袋入りのチョコレートを差し出している。

「……どうも……」

出し抜けだったので驚きすぎて、素直に大袋へと手を突っ込んでしまった。

「どう?　うちの出し物」

妙にさらさらした髪が印象的な女子生徒は、充哉に向けてそう訊ねてくる。教室の中心では、敬史郎が素なのか演技なのかわからない調子で、いつもの彼なら言いそうにない丁寧な言葉遣いで台詞《セリフ》を読み上げている。

「いや、わかんないです。ここだけ見たんじゃ」

「まあそうか。私が脚本書いたんだけどね」

ということは、彼女が前に敬史郎の言っていた文芸部員なのだろう。

「君のお兄さんはすごいね」

人からよくそう言われる。それを充哉が嬉しいと思ったことは一度もなかった。

「他人が思ってるのの数十倍はすごいよ」

他人、というところに思った以上に力が入ってしまった。気まずくて相手を見上げると、文芸部員は充哉を見て驚いたように少し目を瞠《みは》っていた。ますます気まずくなって、充哉は「トイレ……」とあやふやに呟いて椅子から立ち上がり、そそくさと教室を出た。

(すぐマウント取るな、俺は)

『他人』が敬史郎についてわかったような口を利くと、苛々する。だがそこで反論すると、ブラコンだの何だのとうるさくからかわれるのが面倒だから、やらないようにしているのに。

トイレに行く用事もなかったが、口実にしたからすぐに教室に戻るわけにいかず、知らない人ばかりの教室に一人でいて知らず気を張っていたせいもあるのかやけに喉が渇いていたので、充哉はそのまま自販機に向かうことにした。一番近い自販機は、渡り廊下を行った向こうの別棟にある。

その渡り廊下を歩いている時、やたら視線を感じるなと思って顔を上げたら、野球部のユニフォームを着た坊主頭がひとりいた。桑原だ。

「今日何かあったっけ？」

近づいてきた桑原から、あまりに普通に話しかけられたので、充哉は内心面喰《めんく》らう。

「何か？」

「クラスの。今日集まる日だっけ、俺普通に部活来たんだけど。下からおまえが見えたからさ」

充哉に対して妙に当たりのキツかった桑原は、文化祭の準備が始まってからあまり絡んでこなくなっていたが、相手の態度が変わる原因に充哉自身は心当たりがない。

「うちのクラスのは知らない。二年の見学来ただけ」

どうして友達相手のように声をかけてくるんだろうと訝《いぶか》りながら充哉が答えると、にこやかとまではいかないが和《なご》やかには見えた桑原の表情が、サッと曇《くも》った。

「は？　もしかして、兄貴のクラス？」

「そうだけど……」

頷いた充哉に、桑原が聞こえよがしな舌打ちをした。

「んだよ、また兄貴かよ。おまえ気持ち悪いんだけど、お兄ちゃん大好きすぎて」

桑原が話しかけてきた理由以上に、なぜ不機嫌な顔でそんなことを吐き捨てられなければならないのかの方が、充哉には相変わらずわからない。

「だから何。関係ないだろ」

敬史郎と自分との関係に口出しされるのが、一番嫌いだ。

（俺にはしろしかいないのに）

そのまま通りすぎようとしたのに、桑原に肩を押されて阻まれ、充哉はまた驚いた。

「何……」

「あ、秋津弟じゃん」

相手を睨みかけた時、背後から誰かの声が聞こえた。振り返ると、二年生の男子生徒が二人、こちらに歩いてくるところだった。

「何？　いじめられてんの？」

心配してというよりも野次馬のようなのりで、生徒たちが訊ねてくる。

桑原はまた聞こえよがしな舌打ちを残し、充哉のことも二年生たちのことも無視して去っていった。

「大丈夫かー？」

何だか助けられたような恰好になってしまった。頼んだわけでもないのにと思ってしまうが、自分ではなく敬史郎の友達だろうと思うと、返事をしないわけにはいかない。

「……どうも、ありがとう……」

かといって嬉しそうな顔や殊勝な態度は取れず、目も合わせないで小さく頭を下げるのが精一杯だったが。

「ミツ？　何やってんの？」

そこに、敬史郎まで現れた。充哉が教室を出たままなかなか戻らないので様子を見に来たのだろう。敬史郎とすれ違う時も、桑原はそれを無視して通りすぎた。

「何かおまえの弟、そこの野球部の奴に腹パンされてたんだけど」

男子生徒たちからはそう見えていたようで、被害が大袈裟《おおげさ》に伝えられ、さすがに桑原の足取りが動揺したように乱れる。

「えっ、肩押されたくらいで別に」

大したことじゃない、と充哉が言うより先に、敬史郎が桑原の方を振り返った。

「おまえさ、人んちの弟にあんま乱暴なことしないでくれる？」

声を張り上げた敬史郎に、充哉は驚く。

あまり他人に喧嘩を売るようなことをする性格でもないのに——敬史郎がはっきりと気分を害しているのがわかって、充哉は瞬間的に湧き上がる嬉しさを押し殺しきれなかった。

(俺のためには、怒るんだ)

桑原の方は、敬史郎の言葉が聞こえなかったわけがないのに、振り返りもせず早足に去っていってしまった。

「何で部活中の野球部がこんなとこいるんだ？」

敬史郎もそれ以上桑原に何も言わず、廊下を去っていく二年生の生徒たちに手を振りつつ、充哉のそばに辿《たど》り着いた。

「——俺、しろの弟じゃないだろ」

桑原を叱った敬史郎を見て一瞬でも喜んでしまった自分を悔やみながら、充哉は小声で呟いた。

「今さら何言ってんだ？」

敬史郎の怪訝そうな顔が充哉を見下ろす。

「『弟』だからって庇《かば》うなよ」

敬史郎にとって自分が特別扱いなら嬉しい。でも、その理由が弟だからというだけでしかない気がして、充哉はどこか物足りないような、もどかしい気分を味わってしまう。

「うーん、俺の弟ってことで絡まれてるなら、あんまりその辺主張しない方がいいのか……」

見当違いなところで真面目な調子で呟く敬史郎に、充哉はますます焦《じ》れてくる。

どうせ自分の考えていることなんて何でも見透かしているだろうに、敬史郎はわざと話をずらしている気がした。

「怪我とかさせられてないだろうな？　また変に絡まれたら、相手しないですぐ俺のとこ逃げてこいよ」

弟扱いは嫌なのに、敬史郎に心配されるのも、優しいことを言われるのも嬉しくて、悔しくなる。

「……言われなくても、いちいち相手しないよ、あんなの」

何にこれほどまで苛つくのか、この時は充哉自身、まだわからなかった。

◇◇◇

夏休みも中盤に差し掛かった頃、自分のクラスの展示についての話し合いのために、充哉は学校に向かった。

敬史郎のクラスは特に練習もなく、一人で登校しなくてはならないのは億劫《おっくう》だが、この日は桑原に絡まれることもなく、話し合いも短時間で終わったのが、幸いだ。

話し合いの後に内装班で食事に行こうという誘いを断り、まっすぐ家に帰った。

両親は休みもなく今日も仕事だ。家には敬史郎しかいないはずだったが、玄関に見慣れない靴があるのに気づいて、充哉は眉を顰めた。女物の革靴だ。客らしい。

(誰だよ……)

ざわっと、胸の中に嫌な感触が広がった。敬史郎は昔から家に友達を連れてくることはほとんどない。両親への遠慮もあるだろうし、充哉の機嫌が悪くなるのを避けるためもあっただろう。

なのに自分がいない間を見はからうように、誰かを家に上げるなんて。

居間を覗いても誰もいない。充哉は無意識に足音を殺しながら、階段で二階に上がった。

敬史郎の部屋のドアは開いていて、話し声は廊下にいる充哉にも聞こえた。

「秋津君、私の気持ちはわかってるんでしょ?」

どこか聞き覚えのあるような声だった。

「わかってる。——俺も同じだから」

それが誰だったのか思い出す前に、敬史郎のそんな返答が聞こえて、全身の毛が逆立つくらいの不快感を味わった。

(何が……?)

誰の気持ちがどうで、それを敬史郎が把握《はあく》して、しかも同じだとか。

(何が⁉)

しばらく呆然と立ちつくしていたはずなのに、気づいた時には敬史郎の部屋のドアを乱暴に開け放っていた。

敬史郎のそばに座っている女を睨むように見下ろす。

「出てって」

「えっ」

ぎょっとしたような顔で充哉を見上げるのは、前に敬史郎のクラスで見た文芸部員だった。

「ええと」

「出てけ。出てけよ!」

叫ぶ充哉に文芸部員はひたすら面喰らったような顔をしていたが、敬史郎が彼女のものらしき名前を呼ぶと、慌ただしく荷物を手にして部屋から去っていく。

それを見送りにでも行くつもりなのか、立ち上がろうとしている敬史郎に、充哉は体当たりするようにしがみついた。

「いてっ」

「何で他の人なんか部屋に入れるんだよ」

「舞台の脚本の手直ししてたんだよ。さっきまで他に何人かいたけど、今コンビニ行ってる」

敬史郎の首に腕を回して力一杯抱きつくと、宥《なだ》めるように軽く背中を叩かれた。

「学校から近くもないのに、何でうちに」

「みんなと小道具の買い出しでこの辺の店に行ったついでに、ファミレスで溜まってたら、長時間居座るなって追い出されたんだ。うちが一番近かったから」

敬史郎は淀《よど》みなく事情を説明したが、充哉の気持ちは収まらなかった。

(そんな雰囲気じゃなかっただろ)

二人のやり取りを思い出すと、胸が苦しくて辛くて気持ち悪くて吐きそうだ。

「コンビニから戻ってこなくていいって、メールとか打って」

「はいはい」

充哉に文句を言うでもなく、敬史郎は言われるまま携帯電話を操作していた。

充哉は敬史郎の肩口に目許を押しつけて、呻《うめ》くように声を出す。

「……つき合ってるの、さっきの人と」

「いや？」

「これからつき合う？」

「つき合わないよ」

敬史郎は否定したのに、安心なんてできない。向こうが敬史郎に気持ちを告白して、敬史郎が受け入れたようにしか聞こえなかったのだ。

（もし、敬史郎に彼女が出来たら）

考えるだけでまたぞっとする。

これまで敬史郎に恋人なんていたことはない。家でも外でも学校でも、授業中以外は充哉がそばにいたのだ。隠れてつき合うことだって不可能に決まっている。

敬史郎が人のものになるなんて。この手が、声が、体が、他人に独占されるなんて、想像だけで具合が悪くなる。

「大丈夫か、ミツ？」

「……気持ち悪い……吐く……」

「トイレ行くか」

充哉を立たせるため、敬史郎が一旦体を押し遣《や》ろうとしてくる。

離れまいと、充哉は敬史郎にしがみつき直すついでに、相手の唇に自分の唇を押しつけた。

こうやって自分から離れた敬史郎は彼女を作ってキスしたりそれ以上のことをするのだろうかと一瞬で考えて、一瞬で正気を失った。

すぐに敬史郎に頭を摑まれ、さして力を入れた感じはないのに、簡単に引きはがされてしまった。

「おまえ吐くとか言ってんのにやるか、こういうこと」

敬史郎は全然動じていない。

平然としたその顔を見ていたら、体の奥から悲しみが突き上げてきて、充哉はボロボロと大粒の涙を止める気もなく流した。

「おまえは絶対一生彼女とか作らないで。結婚しないで。父さんたちと養子縁組とかしてちゃんと俺の兄弟になって。家から出てかないで、一生俺と一緒にいて」

しゃくり上げ声を詰まらせながら言っても、敬史郎からの返事はない。

泣き濡れた顔で見上げると、敬史郎はただ、黙ってじっと充哉を見ていた。

(無理なら無理って言えばいいだろ)

充哉だって自分が滅茶苦茶なことを言っている自覚はある。馬鹿なことを言うなと叱られても呆れられても当たり前なのに、何も言わない敬史郎に苛立って苛立ってどうしようもない。

その場しのぎの嘘を言って機嫌を取ることすらしないくせに、涙で濡れることも嫌がらずに抱き寄せてくれる敬史郎のことが、充哉は大好きだし、大嫌いだった。

◇◇◇

翌日も、充哉は敬史郎について学校に向かった。

これで三回目ともなればクラスの生徒たちは慣れっこになったようで、最初に挨拶してくるくらいで、充哉の登場に騒ぐこともなかった。

「チョコ食べる?」

毎回教室の隅の椅子に座る充哉に声をかけてくるのは、文芸部員の女子生徒だ。昨日家から追い出すような真似をしたのに、充哉に悪印象を持っていないのか、それとも――。

(しろに、優しい、いい人だって見られたいのか)

でなければ笑って声をかけてくる理由がわからない。

「点数稼《かせ》ぎ?」

近づかれたくないし、わざと嫌な言葉をかけたのに、文芸部員は笑って首を竦《すく》めるだけだった。

「バレた?」

「悪いけど、そんな気ないから」

敬史郎は彼女とつき合っていないし、つき合わないと言った。

「うん。知ってる。君のお兄さんにそう言われてるし」

あっさり相手が言うのに、充哉は少し驚いた。

少なくとも昨日は、敬史郎はこの人と同じ気持ちだと言っていたはずだ。

「……ふーん」

「まあお兄さんのことは置いといて、せっかく遊びに来てくれてるんだし、仲よくしようよ」

この人はいい人なんだろうか。酷《ひど》いことを言ったのに優しい。顔を見ればもっと嫉妬に目が眩《くら》むような心地になると思ったのに、そばにいられても割合平気だった。

「……しない」

でもやっぱり、充哉は敬史郎以外必要なかった。

必要ないと思い続けたかった。

「そっか……」

残念そうな相手の様子に何となく心が痛む自分が嫌だ。

敬史郎が、いつも言葉には出さなくても、自分にくっついてばかりの充哉に少しずつ外の世界を見せようとして、こうして人の前に連れ出していることに気づいてしまうのが、嫌だ。

(学校にもどこにも行かずにずっと敬史郎とだけ家の中で二人でいられたら、面倒なこととかなんにもなくなるのに)

そう願うことの何がいけないのか、子供の頃から充哉にはずっとわからない。

わからないから気にしなければいいと自分に言い聞かせてみても、気になるようになってくる自分の変化が怖い。

一人でも平気になったら、保護者面《づら》した敬史郎は、自分の役割は終えたとばかりにいなくなってしまうような気がする。

だから自分が変わってしまえば、いつか敬史郎と離れなくてはいけない日が来るような気がして、心から、嫌だったけれど。

（敬史郎のせいで、この人が普通に俺に優しくしてくれてるのとかも、わかっちゃうじゃないか）

昨日自分を敬史郎の部屋から追い出した充哉に対して、気を悪くすることもなく声をかけてくれる彼女は、やっぱりいい人なのだろう。

「……でもチョコは好きだからもらう」

充哉は寂しそうに俯く文芸部員の様子に良心が耐えきれず、小声で、そんなことを呟いてしまった。

「そう？」

パッと嬉しそうな顔になる相手からチョコレートを受け取り、食べるところをにこにこと見守られるのがどうも居心地悪い。

「充哉君のクラスは、準備進んでる？」

「まあ……そこそこ……」

今日は午後から自分のクラスの集まりもあった。といっても呼ばれているのは買い出し班だけで、充哉には関わりがないから、顔を出す予定もなかったのだが。

「……ちょっと自分のとこ、見てくるから」

女子生徒と話しているのが色々な意味で居心地悪く、充哉はそう言い置くと、逃げるように教室を出た。

（教室行って様子見る振りして、また戻ってこよう）

階段でひとつ上の階に向かう。教室のドアは開け放たれていて、中にはすでに十人前後の生徒たちがいた。買い出し班の者だろう。

「今日もあいつ、兄貴の教室行ってんだぜ」

用もないのに入るべきか迷っていると、憎々しげな声が聞こえた。嫌でも名前を覚えてしまった桑原のものだ。今回の買い出し班に入っていたらしい。

「あいつって、秋津？」

自分の名前が聞こえて、充哉はますます中に入り辛くなってしまった。

「そう。自分のクラスの仕事ろくにしないくせに、関係ない二年のとこばっか入り浸ってるとか、あいつマジ、何なの？」

「秋津君、ちゃんと内装の作業やってるじゃない、話し合いにも来てるし」

「黙ってブスーッとしてるだけじゃん、あいついると空気悪いんだよ」

陰で自分の噂話をされるのは慣れているし、たまたまそれを聞いてしまうのも初めてではない。

だからどうでもいい気がしたのに、そこそこ頑張っているつもりだったことをまるっきり否定されたようで、充哉は何となくむかっとした。

だからわざと音を立てて、ほとんど開きかけていた教室のドアを開け放つ。

「あ。秋津君……」

誰かが呟いたのを聞いてドアの方を振り返った桑原は、どことなく気まずそうな顔になってから、そんな自分に苛ついたように充哉を睨みつけてくる。

「――何しにきたの、おまえ？　今日呼ばれてないだろ」

「買い出し手伝おうかと思って来ただけ」

「は？　点数稼ぎかよ」

図らずも桑原が口にした言葉が、先刻自分が文芸部員に向けたものと同じだったことが、充哉には妙におかしく思えてしまった。

それでつい噴き出しそうになるのを堪《こら》えたら、自分が嗤《わら》われたと思ったらしい桑原が、カッとなった顔で立ち上がる。

「何笑ってんだよ、テメェ」

「――別に。関係ないこと」

何がおかしかったのかなんて説明のしようがなく、充哉はすぐに表情を引き締めた。

「必要ないなら帰る」

陰口を叩かれてすごすご引き返すのが悔しい気がしたのでわざと姿を見せてしまったが、桑原と一緒に買い出しに行って楽しくなれるわけもない。衝動的な自分の行動を悔やみながら、充哉はその場から踵《きびす》を返した。

「待てよ」

さっさと敬史郎のいるところに戻ろうと歩き出した充哉の方へ、なぜか桑原が大股《おおまた》に近づいてくる。

面倒なので聞こえないふりで立ち去ろうと思ったのに、廊下に出てきた桑原に、強い力で腕を掴まれ引き止められた。

その腕を引っ張られて桑原の方を向かされる前に、廊下の向こうから歩いてくる敬史郎の姿が目に入った。教室からいなくなった自分を探しに来てくれたのだろうか。

「しろ」

充哉は桑原の手を振り解《ほど》いて敬史郎のところへ駆け出そうとしたのに、それを阻むように桑原の手にシャツの襟元《えりもと》を掴まれた。痛いのと邪魔なので咄嗟《とっさ》に振り払おうとしたら、相手の手の甲を引っ掻《か》く形になる。ガリッと嫌な感触がした。

「てめぇ」

腕を引かれた時以上に強い力で襟首を摑まれ、荒っぽく揺さぶられる。勢いで足許《あしもと》が不安定になるが、摑まる場所もなく、充哉はそのまま空足《からあし》を踏んだように体のバランスを崩した。

（あ、やばい）

そう思った時には、目の前に廊下に面した教室の窓が迫っていた。

「ミツ！」

顔から窓に突っ込むことを予測して目を瞑《つむ》った充哉は、実際ガチャンと耳に痛いような破裂音を聞いて身を竦め、直後にドッと全身に衝撃を受けて息が詰まった。

「ミツ――平気か？」

痛みと苦しさに咳《せ》き込んでいると、敬史郎が自分を呼ぶ声をいやに間近に聞いた気がして、驚いて目を開けた。

何が起きたのかすぐには把握できなかった。なぜ床に倒れる自分の下敷きになるように敬史郎がいるのか。なぜ敬史郎が片手で充哉の体を抱き込みながら、反対の手で自分の顔の半分を押さえているのか。なぜ、その指の隙間から鮮血が流れ落ちているのか。

「痛ってぇ」

呻くような敬史郎の声で、充哉は我に返った。

「しろ⁉　何……」

だがまだ状況がわからない。教室のガラスが割れて、そこに突っ込むはずだった自分は体のどこにもひどい痛みはなく、なのに敬史郎の手は血まみれだ。

見ると、割れて窓枠《まどわく》に残ったガラスの端にも、血がついている。

女子生徒の悲鳴が聞こえた。教室や廊下からバタバタと人が押し寄せてきて、でもその辺りのことを、充哉はうまく思い出せない。

後になって忘れてしまったわけではなく、その場にいた時から、霞《かすみ》がかかったように全部曖昧なのだ。

多分すぐに教師も飛んできて、敬史郎は救急車で病院に運ばれた。付き添いは教師がやって、充哉はあとから迎えに来た両親と共に車でその病院に向かった。

敬史郎は少し入院して、手術をして、家に戻れた時には左目の視力をほとんど失っていた。

◇◇◇

「いやちょっと目の端傷ついただけで、出血多かったけど大したことないんだって。何針か縫《ぬ》っただけだし」

退院した後に、敬史郎はそう言って笑っていたが。

「ちょっと縫うだけなら手術も入院も必要ないだろ」

充哉がいくら目の状態について問い詰めても、口八丁《くちはっちょう》で誤魔化《ごまか》そうとしていたが。

一緒に暮らしていれば、左側の視界が利《き》いていないことなど、すぐにわかった。充哉が左に立って話しかければ、少し驚いたように体ごと振り返るのだから。

「――切ったところは本当まあ、大したことないんだよ。ただ、ついでに頭打ったのが結構痛手だったみたいで」

間抜けだよなと敬史郎は笑っていたが、充哉に笑えるはずもなかった。

頭を打ったのは、充哉を庇って、充哉ごと廊下に倒れたせいだ。

「充哉のせいじゃない。充哉が絡まれてるの気づいて急いだつもりだったんだけど、向こうが勢い余ってる感じだったから。もうちょっと早く声かけたら、桑原が手ェ出す前に止められたのにさ」

敬史郎は最後まで充哉を責めず、桑原のことを悪し様《あざま》に言うこともなく、ただ笑っていた。

桑原は二学期から学校に来なかった。夏休みの間に転校したらしい。二学期の頭に担任から一言話があっただけで、驚く生徒はクラスの中に誰もいなかった。鈍感な充哉にも、多分新学期が始まるまでにクラス内では一通り桑原の――充哉や敬史郎の噂話が走り回って、落ち着いた後なのだろうということがわかった。

充哉のクラスは十月まで賑やかに準備をすませ、滞《とどこお》りなく文化祭を終えた。

敬史郎のクラスは主役が変わり、それでも校内と一般の人気投票で両方一位を取って、閉会式の時に敬史郎が表彰状を受け取っていた。

文化祭が終われば二年生はすぐに受験に備えて準備を始める。

敬史郎も予備校に通い出し、一年後には無事、大学の推薦入試に合格した。

進んだのは私立大学の法学部で、四年間家から通った後、有名な企業の広報部に就職して、同時に秋津の家を出て行った。

怪我のあとに退院した日、耐えきれずに泣きじゃくる充哉に向けて「パイロットなんて子供の夢だし、本気じゃなかったから」と敬史郎が言った日から、飛行機とかパイロットとかの単語は、二人の間で一度も出ていない。

3

「……だから、俺のせいじゃない」

自分の声で目が覚めた。

充哉《みつや》が閉じていた瞼《まぶた》を開けると、上から敬史郎《けいしろう》に顔を覗き込まれている。

「何だ、寝言か？」

「……。夢、見てた」

仕事を失って拗《す》ねて甘えて敬史郎に絡《から》んだ挙句《あげく》、文字通り泣き寝入りしてしまったらしい。うとうとしている間に懐かしい夢を見た。もしかしたら夢ではなく、ただ思い出していただけかもしれないが。

気づけば敬史郎は壁を背にしてベッドの上に座っていて、充哉はその膝《ひざ》に頭を乗せて仰向《あおむ》けに寝ていた。

充哉が手を伸ばすとすぐ、敬史郎の眼鏡に指が触れる。

敬史郎は身動《みじろ》ぎもせずに、充哉のされるままになっている。

「傷、近くで見るとやっぱり残ってるな」

眼鏡の縁にうまいこと隠れてはいるが、高校時代についたガラスの切り傷は、未《いま》だに敬史郎の目の端に残っている。

「遠目にはわからないだろ。視聴者に何か言われたこともないし」

敬史郎は大手のコンピューターテクノロジー会社に就職して、最近は自社の広報用チャンネルで、宣伝用の動画に出たりしている。

商品内容そっちのけで、『イケメン広報男子』などとタグをつけられ、SNSで何度かバズっていた。

(敬史郎向きの仕事だよ)

本当は法務部志望だったのが、容姿のよさと人当たりのよさと人前でまったく緊張しない物《もの》怖《お》じしなさを買われて広報に配属になったらしい。

「変に顔出しするようになっちゃったけど、別にそれが売りってわけでもないし」

気にするな、と言わんばかりの敬史郎の言葉に、充哉は眉を顰《ひそ》めた。

「悪いと思ってないから。あの時俺を庇《かば》ったのは、敬史郎の勝手だし」

「うん、そうだな」

優しく笑ってこちらを見下ろす敬史郎の顔を見ていられず、充哉は再び目を閉じた。

桑原《くわばら》から充哉を庇ったせいで必要な視力を失った敬史郎は、子供の頃からの夢を諦めて、進路を変えた。

(でもそれで俺が負《お》い目を持つのは変だし——駄目なんだ)

充哉はずっと、自分にそう言い聞かせている。

（俺が負い目なんか持ったら、敬史郎が嫌がる。その方が敬史郎の負担になる）

事件のあと、敬史郎を慕《した》う一部の生徒は暗に充哉を責めた。生意気な態度だから無駄に敵を作って、そのせいで敬史郎が巻き込まれて、怪我をしたのだと。

桑原に同情的な生徒もいた。充哉はまったく知らなかったが、万年弱小運動部の中で、桑原は期待のエースだったらしい。熱心に練習に出て、先輩には礼儀正しく、仲間想いのいい奴だったのにと誰かが言っていた。そんな桑原を怒らせたのは充哉の態度が悪かったせいだと名前も顔も知らない他のクラスの生徒から聞こえよがしに詰《なじ》られたこともある。

クラスメイトのほとんどは充哉を庇ってくれたが、それも含めて周りの反応すべてが、充哉にはもうどうでもよかった。

敬史郎の目は治らない。充哉が怒ろうが悲しもうが事実は変わらない。

慰《なぐさ》められても淡々とそう答えるうちに、そのことについて触れる者はいなくなった。

敬史郎が卒業したあとの一年間は、学校中の誰からも、教師からも遠巻きにされて一人で過ごした。

（気楽だったな）

それで充哉はまったく困らなかったし、むしろ煩《わずら》わしいことがなくなったと喜んだくらいだ。

一時は、自分の周りにいるのがいい人だと気づいて、それに応《こた》えたいだとか思いかけていた気もするが。

――生まれついて、何というか、駄目なのだろう、自分は。

一人がまったく苦ではない。

（違うか）

敬史郎だけが欲しくて、あとは要《い》らない。事件以来、敬史郎と一緒にいても、その友人たちが声をかけてこなくなったことに、安堵《あんど》してしまった。

だから敬史郎が家を出て行った時は、罰を受けたのだろうなと思った。

敬史郎は事故のあと、一言も充哉を責めず、そして何の説明も相談もなく、充哉が追っていけない大学の学部に進んだ。

――本当は追っていこうと思えばいけたのに、「ミツの将来を考えたら自分に合った学部に進んだ方がいい」という敬史郎の言葉に従ったのは、相手の言葉に納得したからなのか、まるで自分から離れる準備をしているような相手に腹が立ってやけくそになったのか、充哉自身未だによくわからない。

結果としては後悔しかなかった。敬史郎は大学生活とアルバイトに忙しそうにしながらもそれなりに充哉を構ってくれ、充哉は充哉で高校の途中から趣味のインディーズゲーム制作に没《ぼっ》頭《とう》して、四六時中敬史郎にべったりしているわけではなくなった。それで大学卒業後は好きだったゲームを作ったメーカーに就職できたところまではよかったが、プログラマ志望だったのにシナリオ制作の部門に配属されてしまった。

こんなことならプログラム言語ではなく日本語ライティングの勉強をするべきだったと、慣れないテキスト作成に四苦八苦《しくはっく》しながら、敬史郎のアドバイスを逆恨みしたものだ。

まとまった文章など書いたことはなかったが、子供の頃から本は読んでいたし、ゲームのストーリーを丸ごと書くのではなくある程度概要が決まった状態で特定キャラクターのルートを担当するだけでよかったから、何とかシナリオらしきものをでっち上げることができた。

毎度毎度その場しのぎで作り上げた充哉のシナリオは、なぜか一部のファンからやたら持ち上げられ、思いがけない高評価を得て、いつの間にかシナリオライターの仕事にやり甲斐《がい》を感じるようになっていた。

が、その矢先、会社が潰《つぶ》れた。ゲームの売り上げとは関係なく、経営側の金策の失敗のせいで。

ある日突然無職になって、そもそも薄給だったから貯金もろくになく、再就職にも失敗して、実家住まいでなければ詰《つ》んでいただろう。

ようやく元同僚のツテを頼って小さな仕事を得られるようになり、何とか実績を繋《つな》げていければフリーでもやっていけるかもしれない——と思ったのに、今度は納期オーバーであっさり首切りだ。行き詰まりを感じて何もかも嫌になってくる。次の仕事を得るためにはまた苦手な人付き合いから始めなければと考えるだけで気が遠くなる。

（シナリオ書くの自体は楽しいし……今からプログラマとして一からキャリア積むにしても、結局就職活動しなきゃいけないことに変わりはないし……）

目を閉じたまま鬱々《うつうつ》と考え込んでいた充哉は、しばらく敬史郎まで黙り込んでいることに気づいて、そっと目を開けた。

（……寝てるし）

充哉を膝に乗せたまま、敬史郎も目を閉じて少し項垂《うなだ》れ、うつらうつらしている。

おそらく仕事で忙しいところに、母親に呼び出されて、ここにやってきたのだろう。

（別に放っておいたって、死ぬわけじゃないのに）

一日二日食べなくても人間死なない。仕事がなくて金がなくても、実家にいる限りどうせ親が養ってくれる。

そういう甘ったれた自分を叱るでもなく、かといって慰めるでもなく、敬史郎はただ充哉の側《そば》にいる。

（……だったらやっぱり、この家、出てかなけりゃよかっただろ）

敬史郎が自立した時、充哉はこれで自分と相手との人生がそれなりに別れていくのだろうと覚悟した。いや、覚悟したというよりも、敬史郎が決めたのなら覆《くつがえ》ることはないのだろうと、ただ諦めた。

怒り狂って泣いて喚《わめ》いて引き止めようと思わなかったわけではなく、むしろそうしたかったのに、体も心も竦《すく》んでしまって動けなかったのだ。敬史郎の引っ越し当日も部屋から出てこない充哉を、両親は「寂しいからって、子供みたいに拗《す》ねて」と困ったように笑っていた。拗ねて当てつけに布団にくるまったままだったわけじゃない。ただ、本当に、体が動かなかったのだ。

そんな充哉の部屋のドアをノックして「じゃあ、またな」とごく軽い言葉を残し、敬史郎は秋津《あきつ》の家を出て行った。

充哉は自分がきっとこのまま身動きもできないままベッドの中で死ぬのだろうと思ったが、引っ越しの翌日には敬史郎が「ガス通す日間違っちゃって、メシも作れないし風呂も入れないから」と言いながら秋津家の食卓についている姿を見て、別の意味で体中から力が抜けた。

(結局何も変わらない)

敬史郎は月に一度は秋津家にやってくる。

ネット上で騒がれている姿などを見ると遠くに行ってしまった気もするのに、隣に並んで食事をして、ゲームで対戦したり協力プレイで遊んだりすれば、たまに敬史郎が家を出たことも忘れてしまいそうになる。

以前と変わらず近すぎるほど近くにいて、今も膝枕などされているのに、それでも充哉の中ではときおり感じる物足りなさが増えていった。

(何でこれが、俺だけのものじゃないんだろ)

両手を持ち上げて、そっと敬史郎の眼鏡を外す。改めて眺めると、この家に来た時よりもずっと大人びた顔つきになっている。当然だ。あれからもう十五年も経《た》っているのだから。

眺めていたら、我慢できなくなった。

眼鏡をベッドの上に置き、敬史郎を起こさないようそっと身を起こして、もっと間近で相手の顔を覗き込む。

こっそりキスをしようと唇を近づける途中で、出し抜けに額に手を当てられ、その動きを阻《はば》まれた。

「こらこら」

「……」

敬史郎は笑っている。子供の悪戯《いたずら》を窘《たしな》めるような口調に、充哉はひどくがっかりして、ベッドの上に倒れた。

「もっと焦《あせ》ったりしないわけ……」

「俺の唇の純潔《じゅんけつ》は、高校の頃にもうミツに奪われてるしなあ」

「……何か言い方キモいんだけど、おっさんみたい……」

覚えられていたことが嬉しいような恥ずかしいような、複雑な気持ちになった挙句、充哉は敬史郎をそう罵《ののし》ってしまった。

「会社の上司のおっさんたちに毒されたか、俺も」

敬史郎が大袈裟《おおげさ》にショックを受けた顔になる。

（ああ、また。冗談で流れてく）

まともに取り合ってほしいのに、いざとなると尻込みすることを、充哉は敬史郎相手にここ数年繰り返していた。

（もっと本気にしてもらえるくらいのことができたらいいのに）

手っ取り早く敬史郎を手に入れるには、それしかないと、ずっと思っているのに。

敬史郎は秋津敬史郎にはならず、伊住《いずみ》敬史郎として家を出て行ってしまった。兄弟になれないのなら、もう、恋人とかになるしかない。

しかしなにぶん人間つき合いすら上手くできずにここまで育った充哉にとって、何をどうすればいいのかが、いまいちよくわからなかった。自分が敬史郎を押し倒して、その後を想像しようとしても、うまくいかない。

時々不意打ちのキスくらいは成功するが、すぐに敬史郎にあしらわれる。そのあしらい方は、弟にしか見られない相手に対するものというより、せいぜい犬だの猫だのに対するものでしかなかった。

「そんなことより、ミツ」

とうとう『そんなこと』扱いだ。

「時間があるなら、来週、飲み会に顔を出さないか？　たまたま大学の同期と連絡取ったついでに、集まろうって話になったんだけど」

「行かない。行くと思う？」

飲み会という単語を聞いただけで充哉は鳥肌の立ちそうな心地になった。人の集まる場所は苦手だし、それが酒の出る場ならなおさら嫌いだ。

「でもその同期、ミツがずっと遊んでるゲーム作ってる会社の奴だぞ？」

敬史郎はそう言って、続けて充哉が子供の頃から新作が出るたびに寝食を惜しんでやり込んでいるゲームのタイトルを挙げた。

「え……!?」

反射的に、充哉は飛び起きた。

「そいつ自身は広報やってるんだけど、開発の方に仲いい奴がいるから、その辺りにも声かけるってさ。あ、欲しいかと思って、イベントで配ったノベルティの余りとか、持ってきてくれるって……」

「行く」

考える間もなく、充哉はそう答えていた。

人の集まる場所は苦手だが、神ゲーに関わった人たちの話が聞けるなら、別だ。

充哉の喰いつきが想像以上だったのか、敬史郎が声を殺して笑っている。

「じゃあまた、来週な」

そう言いながら、敬史郎はベッドを下りようとしている。

「帰るの？」

「明日も平日だぞ」

「夕飯食べてけばいいのに」

「ちょっと仕事残してきたんだよ」

その仕事を置いてここに来てくれたのだから、これ以上文句を言うのも違うのだろう。

来週になればまた会えるのだしと、充哉は不平不満をどうにか飲み込んだ。

ただ、顔にはしっかり出ていたようで、敬史郎が苦笑しながら充哉の頭を叩いた。

「じゃあな、今日はよく眠っとけ」

「……やることないしね」

最後に少々強めに充哉の頭を叩いてから、敬史郎が部屋を出て行く。

「痛いな……」

口に出すほど痛くはなかった頭を、充哉はしばらく両手で押さえた。

◇◇◇

翌週、敬史郎と約束した通り、充哉は飲み会に参加した。

少人数の飲み会かと思ったら、店貸し切りでざっと三十人はいることに、充哉は最初から気《き》後《おく》れしてしまった。敬史郎も少し驚いていたようなので、こんなに増えると思っていなかったのだろう。

「適当に知り合い連れてきていいって言ったら、みんながみんないろんな奴に声かけたみたいでさ」

敬史郎の同期という人が、大規模な集まりになったことをそう説明していた。賑《にぎ》やかな方が楽しいだろうと言わんばかりの笑顔に、充哉は引き攣《つ》った笑みすら返すことができなかった。

ざわめく店の中で、居心地が悪くて仕方がない。最初こそ敬史郎に連れられてゲーム会社の人と挨拶《あいさつ》はしたものの、あとはろくに誰とも話ができず、隅っこで料理をつつきながらソフトドリンクを飲むくらいしかやることがない。

敬史郎の方は、あちこちから声をかけられていた。直接の知り合いは大学の同期という人だけだったようだが、周囲は敬史郎のことをおそらく動画などを見て知っていて、次々そばにやってくる。名刺交換する敬史郎を横目に、充哉はひたすらコーラを飲み続けた。

「あ、そっちは？　同じ会社の？」

不機嫌な顔で黙りっぱなしの充哉に、気を使ったのか水を向ける者もいたが。

「いや、俺の弟みたいなもので——」

「ただくっついてきただけなんで。お構いなく」

弟みたいなものであって弟ではない。苗字だって違うのだ。敬史郎の言葉を遮《さえぎ》って、充哉が無愛想に言うと、相手は愛想笑いを残して去っていく。

「俺、帰るよ」

別に進んで空気を悪くしたいわけではない。どうやらお目当ての相手は他の人たちに囲まれっぱなしで話を聞く隙もないようだし、充哉は乾杯から三十分も経たずに席を立った。

「ゲーム関連の仕事の人が多いみたいだし、連絡先くらい交換してけよ」

敬史郎がそう言うので、そこで初めて、充哉はこれが仕事口の斡旋《あっせん》のようなものだったのだと気づいた。

「いい、何かみっともないから」

きっとこういう時にうまく立ち回って、何かしらの仕事に繋げられればいいのだろうと、頭ではわかる。

でも知り合い同士、同業者同士が楽しく歓談《かんだん》しているという雰囲気の中で、まるで仕事を漁《あさ》るような真似をする度胸が、どうしても持てないのだ。それが持てたら、ひとつ仕事を失ったところで絶望する間もなく、次の納期に向けてパソコンに齧《かじ》り付いていられた。

「まあまあ、そう言わずに。あ、中村《なかむら》さん、ちょっといいですか」

敬史郎は強引に、たまたまそばを通りがかったゲーム会社の人に声をかけると、充哉に名刺を手渡させた。

「ああ、さっき慌ただしくてろくに挨拶もできなかったもんな、ごめんな」

相手は気さくに名刺を交換してくれた。近くにいた人たちもそれを見て、「俺も」「じゃあ私も」と次々名刺を交換してくれる。完全なる社交辞令で、一言二言言葉を交わす程度なのに、それでも充哉はすっかり疲弊《ひへい》してしまった。

「じゃ、じゃあ俺、今度こそ、帰る……」

「そっか」

ふらふらしながら言った充哉に、敬史郎はしつこく引き止めるようなことをせず、自分まで充哉についてきた。

「え、いいよ、敬史郎は残れば」

「いや、俺も知り合いとは話せたし」

「……そう」

一緒に店を出たところで、充哉の家と敬史郎の住むマンションは方向が逆だ。駅ですぐに別れなければならない。

「今度はもう少し小規模なのを確認してから誘うよ」

もう充分だ――と言おうと思ったが、飲み会に行けば今よりも敬史郎に会う回数が増えるのではと考えたら、口に出せなかった。

「……十人以上とか無理だから、絶対」

「わかってる。また連絡するわ」

そう言って、駅で敬史郎が充哉に手を振り去っていく。

（敬史郎と全然話せなかった）

がっかりしながら、充哉は家に戻った。

その翌日、飲み会で名刺を交換した人から、シナリオを書ける人を探してるチームがいるけど秋津君に振っていいですかと、丁寧なメッセージが来た。

慌てて返信してみると、ちょっとしたウェブ広告の短いシナリオだったが、むしろそのボリュームの仕事なら今の自分にもこなせる気がして、ありがたく相手の会社と繋ぎを取ってもらうことになった。

ついでのように、また飲みましょうとメッセージをもらい、社交辞令だと思って「ぜひ」と返信したら、さらに翌日には時間と場所の報《しら》せが来て、今さら「やっぱり無理です」とも言い出せない流れになってしまった。

人数を聞いてみればまた十人以上になるというし、参加するはずだった敬史郎は仕事で急に行けなくなったと言うし、気が重くて仕方がない。

それでもこれは仕事の一環だと自分に言い聞かせ、充哉はどうにか一人で飲み会に向かった。気が進まないので準備にもたついたせいで到着が少し遅れ、おかげで酒が入って盛り上がっていた一同の中にこっそり潜《もぐ》り込むことができた。

(目立たないようにして、時間が来たらすぐに帰ろう)

そう思って隅の席で静かに座っていたのに、向かいにいた自分と同年代くらいに見える男がじろじろと視線を向けてくるので、充哉の最初からよくはなかった居心地がますます悪くなってくる。

トイレに行くふりで外に出て時間を潰《つぶ》そうか、と迷っていたら、その男から声をかけられた。

「あの、もしかして、秋津さんですか？　秋津充哉さん？」

「……そうですけど」

相手とは多分、初対面。少なくとも前回の飲み会にはいなかった。

「あ、やっぱり。初めて見る人だからそうかなと思って。俺、井上《いのうえ》っていいます、伊住先輩とは大学のゼミが一緒で」

そう言いながら、井上が名刺を差し出してきた。アーケードやコンシューマーゲームでそれなりに名の通ったゲームメーカーの営業部という肩書きだ。

「秋津さんの話聞いてたから、今日会えるかもって楽しみにしてたんですよね」

「え……何でですか」

相手が妙に嬉しそうなので、充哉は何となく身構えた。敬史郎の知り合いということにも警戒してしまう。彼を取り巻く友人連中が苦手なのは、学生時代から一貫していた。

「俺、めっちゃ秋津充哉のファンなんすよ」

「は？」

予想外の言葉を聞いて目を見開く充哉に、井上はゲームのタイトルを三つ四つと立て続けに挙げた。

「あとスピンオフの格ゲーのストーリーモード、マクレーンのルート書いたのも、秋津さんですよね」

井上が口にしたのは、たしかに、ゲームメーカーに所属していた頃の充哉が書いたシナリオばかりだ。

「個人名がクレジットされてないのもあった気がするんだけど……よく知ってますね」

「そりゃもう、インディーズ時代からハニーポッターさんの作品めちゃ好きでしたから、匂いでわかるっす」

学生時代に趣味で作っていたゲームのことまで触れられて、充哉は驚いた。

「趣味で作ってたやつ、ストーリーらしいストーリーなんかなかったのに……そもそも、全然マイナーだったのに……」

「俺の中では超メジャーっすよ！　いやマジ嬉しいなあ、俺ゲームに興味持ったの秋津さんの作品からで、全然インディーズで見かけなくなったなと思ってたら、伊住先輩から消息聞いてびっくりですよ」

井上は敬史郎との雑談で自分の好きなアマチュアゲームクリエイターが身近にいると知って、

会うことを楽しみにしていたらしい。

「今度紹介するよって言ったまま長らく忘れ去られてたんですけど。今日もしかしたら秋津さんに会えるかもって、期待してたんですよ」

ぐいぐい来る相手は苦手なはずだったが、井上が手放しに自分の作ったものを褒《ほ》めてくれるから、さすがの充哉も悪い気はしなかった。

「俺自身はゲーム下手だし、秋津さんみたいにこれといった才能がないんですけど、何かしら関われたらいいなーと思って今の会社に入ったんですよね」

しかも人の進路を決めさせるまでに影響を与えられたと知れば、悪い気がしないどころか、嬉しさまで感じる。

井上はゲームも含めてマイナーなものが好きで、読んでいる小説や好きな映画の趣味も充哉と重なっているところがあったため、予想外に話が盛り上がった。

気分がよくなり、井上に勧められるまま、滅多《めった》に飲まないビールまで口にしてしまったほどだ。

「また薄暗いやつ書いてくださいよ、さっき言ってたソシャゲのルート、俺もやったはずなのに秋津さんだって全然気付けなくて不覚ですよ、メジャーに媚《こ》びないでくださいよ」

井上もそこそこ酔っ払って、最初から馴《な》れ馴れしかったがさらに言いたい放題になってくる。

「マイナーだから仕事来ないんだよ、別に信念とかあって書いてるわけじゃないし」

井上の方がひとつ年下だということがわかり、充哉の口調もすっかり砕けた。

「うっそだー、秋津充哉のシナリオには美学すら感じますよ俺は」

「ミツ」

井上と話していたら、後ろから肩をつつかれ、充哉は怪訝《けげん》な気分で振り返った。

「あれ――しろ?」

すぐそばに、今日は来られないはずの敬史郎の姿がある。

「おまえ、飲んでるのか? 顔真っ赤だぞ。ほら、水飲め」

手渡された水のグラスを受け取りながら、充哉は首を傾《かし》げる。

「何でしろがいるんだ?」

「仕事終わったから、顔だけ出しに来たんだよ。ほどほどにしとけよ、飲み過ぎたら帰れなくなるだろ。おまえ、弱いんだから」

来るなりのお小言に、珍しくいい気分で酔っ払っていた充哉は、少々むっとした。

「別に、平気だけど」

「伊住先輩、お久しぶりです」

酔いで少し目許を赤くしている井上を、敬史郎は充哉のそばに立ったまま見下ろしている。

「ああ、久しぶり。あんまりこいつに飲ませないでくれよ、普段飲まないから回るのが早いんだ」

言葉を交わす井上と敬史郎を見て、おもしろくない気分で、充哉はビールを呷《あお》った。

(伊住先輩、だって)

井上が敬史郎の苗字を口にするたび、最初から少し気に喰わなかった。敬史郎はずっと秋津敬史郎だったのに。大学に進む時に伊住の名前を名乗り始めた頃から充哉にはそれが不満で——不安で、仕方がなかった。

敬史郎と自分の繋がりなんて、『兄弟のようなもの』だったことしかないかもしれないのに、それすらやめられてしまってはと考えては怖くなる。

兄弟なのは嫌なのに、兄弟でなくては一緒にいられない関係について考えては、いつもいつも心許《こころもと》ない気分にさせられた。

「……来るなり保護者面《づら》するなよ、俺置いて家出てったくせに」

責める声音で言ったつもりが、いまいち力が入らず、充哉の言葉は飲み会の喧噪《けんそう》に掻《か》き消された。

「ん？　ミツ、何か言ったか？」

「おーい伊住君、こっちこっち」

余計なことを言う前に、敬史郎がやってきたことに気づいた顔見知りたちが声をかけている。敬史郎は「もう酒は止《や》めとけよ」と充哉に告げてから、彼らの方へと移動した。

「しろ、って呼んでるんすね伊住先輩のこと、仲いいんだなあ。幼なじみなんでしたっけ」

「そう言ってた？　幼なじみって」

井上の言葉に充哉が問い返すと、頷きが返ってくる。

「小学校の時から一緒なんですよね。就職してからも仲いいとか、羨《うらや》む奴すげぇいそう。あの人モテモテじゃないっすか、どこにいっても、男だろうが女だろうが教授だろうが生協のおばちゃんだろうが」

「ふーん」

そんなのは充哉も知っている。敬史郎は同級生にも先輩後輩にも、教師にも近所の人にも、老若男女問わずに誰にでも好かれる男だ。そういう様子を昔から嫌と言うほど見てきた。

今も、少し離れた席で数人に囲まれている。中にはやけに垢抜《あかぬ》けた雰囲気の若い女性が混じっていて、積極的に敬史郎の腕や脚に触れている。明らかに敬史郎を狙っている。

「……」

「あれ、秋津さん、どこ行くんすか？」

井上の呼びかけを無視して、ビールの入ったグラスを手に、充哉は敬史郎の方へ向かった。

すぐに敬史郎が充哉に気づく。

「こら、もう飲むなって言っただろ」

「こちら、どなたですか？」

やけによく通る声で、女性が敬史郎に訊ねる。充哉は椅子に座っている相手を立ったまま見下ろした。

「敬史郎と幼なじみの、秋津です」

「えー、幼なじみ、いいなあ！」

井上の言う『羨む奴』がここにもいる。女性は声優らしい。見た目もよく声も可愛らしいので、きっとこれからゲーム絡みで売り出す予定でもあるのだろう。

相手は敬史郎と話がしたいだろうに、充哉は堂々とそれを邪魔してやった。一方的に、自分が最近やったゲームの話や、好きなゲームの話を捲《まく》し立てる。笑顔で話し続ける充哉に、声優の彼女を含め敬史郎を囲んでいた人たちは「へー」「そうなんだ」「すごーい」と、いかにも取って付けたような相槌《あいづち》を打っていた。

（空気読めねえなコイツ、って目がすごいな）

愛想笑いを自分に向けている人たちへと喋り続けていたら、途中でビールのグラスを敬史郎に取り上げられた。

「ミツ、マジで、飲み過ぎ。ちょっと向こうで座ってろよ」

立ち上がった敬史郎に背中を押される。

「え、いいじゃないですか、せっかくお話おもしろいのに」

気を遣ってそう言ってくれる声優に、充哉は急に罪悪感が込み上げてきた。いい子なのに、敬史郎との会話を邪魔してしまった。あからさまな嫉妬に自己嫌悪が湧き出し、ついでに気分が悪くなってきた。

「……吐きそう」

「待って待って、トイレ行こう、ミツ」

敬史郎に体を支えられ、席から離れて——そしてそこからもう、記憶がない。

充哉が気づいた時には、敬史郎のマンションのベッドに寝かされていた。

目を開けると、テーブルに座ってノートパソコンに向かっている敬史郎の後ろ姿がある。デスクライトだけで部屋の明かりを落としているのは、充哉を気遣ってのことだろう。

「——ん、起きたか？」

充哉が少し身動《みじろ》いだだけで、敬史郎はすぐに振り返った。キッチンに向かって、冷蔵庫から水のペットボトルを取り出すと、蓋《ふた》を開けて充哉に手渡してくれる。

充哉はのろのろと起き上がってそれを受け取った。壁に寄りかかって水を飲みながら、几《き》帳面《ちょうめん》に片づけられた部屋を何となく見渡す。広めの１ＬＤＫ。この部屋に充哉が訪れたことはほとんどない。秋津の家にある敬史郎の部屋は、いつ帰ってきても気兼ねなく泊まって過ごせるようにという両親の配慮で、ベッドや机は出て行った時のまま置いてある。だから知らない家具や物に囲まれて暮らしている敬史郎を見ると、秋津の家にいた頃とは違うのだと思い知らされて、落ち着かなかった。

「……何時」

「二時半。遅かったし、秋津の父さんと母さんが心配するだろうから、こっちに連れてきた」

滅多に酒など飲まない息子が酔い潰れている姿を見たら、たしかに両親は心配するか、あるいは呆れて小言を言って、充哉は面倒な思いをしただろう。

「もう少し寝てろ、どうせ電車動いてないし」

テーブルの前に座り直しながら、敬史郎が言った。

「敬史郎は？　寝ないの」

「もうちょっと仕事してから寝るよ。眠くなってもソファあるから、ミツはそのままベッド使いな」

「何で。一緒に寝ればいいじゃん」

敬史郎のベッドはどう見てもセミダブルだ。充哉は小柄な方だし、成人男性が並んでぎりぎりいける。

たとえこれがシングルベッドでも、充哉は同じことを言っただろうが。

「じゃあミツがよく寝てたらそうする、起こしたら悪いから」

「おまえが寝るまで起きてる」

敬史郎は小さく溜息をつき、眼鏡をテーブルに置いてデスクライトを消してから振り返ると、またベッドの方にやってきた。

「詰めて」

促され、充哉はベッドに横たわり直し、敬史郎が入れるよう壁側に寄った。

敬史郎が横になるとすぐ、その背中に身を寄せて片手で抱きつく。

「何でこっち向かないの、おまえ」

「抱き合って寝る歳じゃないだろ、いい加減」

「いい加減、ちゃんとこっち見てほしいんだけど」

精一杯自分の気持ちを伝えたつもりなのに、敬史郎は宥《なだ》めるように充哉の腕を叩くばかりだ。

この大きめのベッドに、自分以外の誰かが敬史郎と抱き合って寝たことはあるんだろうか。

そんな考えが頭に浮かんで、充哉は胃が焼き切れそうな気分を味わわされた。

「……敬史郎って、ああいう飲み会、しょっちゅう行ってんの？」

そして可愛い声優の女の子なんかを、持ち帰ったことがあるのだろうか。

「たまにな。しょっちゅうってほどじゃない」

「……。俺はもう、いいよ」

よく覚えていないが、酒に酔って、言わなくてもいいことをたくさん言った気がする。

あまり醜態《しゅうたい》を晒《さら》したら、仕事に繋がるどころか、もらえそうな仕事まで失うかも知れない。

「そっか。わかった」

「……うん」

自分からもういいと言ったのに、敬史郎があっさり引き下がったことに、充哉は落胆した。

敬史郎から見てもみっともない態度を取っていたのだろう。

ああいう場所でもいちいち保護者面する敬史郎が気に入らなかったし、他の人たちと楽しそうに話す敬史郎を見ればいちいち傷ついた。

もういい加減うんざりだ。

「泣くなよ、あれくらいのことで。別に大丈夫だよ」

小さく啜《すす》り上げた充哉に、宥める声で敬史郎が言う。多分、醜態を晒したことについて恥じていると思ったのだろう。慰められているのに、「あれくらいのこと」と言われたことに、充哉はまた傷ついた。

「……おまえにとっては大したことじゃなくても、俺にとってはそうじゃないんだよ」

いつまでも敬史郎は自分にとっての兄でしかない。下手したら『父兄《ふけい》』だ。このままだとゆくゆくは、いや、そう遠くない時期に、「この人と結婚します」なんて彼女を連れて秋津の家に挨拶に来るかもしれない。

「俺は敬史郎のこと、ずっと、好きなんだけど」

きっと敬史郎にとっては脈絡《みゃくらく》のない告白だろう。どうせ好きだと言ったところで兄弟愛としか伝わらないのがわかっていたから、言葉にして伝えるのはこれが初めてだった。

「うん、知ってる」

また充哉の腕をぽんぽんと叩きながら、敬史郎が答える。ほらやっぱり、伝わらない。

抱きついたりキスまですれば伝わるだろうと思って繰り返しても、伝わらないのだ。言葉如《ごと》きで伝わるはずがない。

(じゃあどうしたらいいんだよ?)

敬史郎と出会って十五年、高校生の頃に気持ちを自覚してから十年近く、どうにもならないというのに。

今さら何をすれば、敬史郎にわかってもらえるのか。

「……でもたまに、すごく、嫌い」

「うん、それも知ってる」

笑い声で相槌を打つ敬史郎に何も知らないくせにと腹が立ったが、充哉にできるのは、せいぜい相手の胴《どう》に回した腕に力を込めてやるくらいの、ささやかな仕返しでしかなかった。

◇◇◇

覚えはないが、飲み会の席で、いつの間にか井上と連絡先を交換していたらしい。急に「時間合ったらまた飲みませんか」と連絡が来て驚いた。

暇を持て余していたし、それに井上とは驚異的に話しやすかった覚えがあるので、充哉は自分にしては珍しいなと自分で思いながら、「他に誰も呼ばないなら」と条件をつけて了承した。

それで週末の夜、居酒屋で井上と落ち合った。

「あれ、伊住先輩は来ないんですか?」

顔を見るなり井上にそう聞かれて、充哉は顔を顰《しか》めながら相手の向かいに腰を下ろす。

「誰も呼ばないなら行くって言っただろ」

「伊住先輩以外はってことかと思ってた」

「何でだよ」

「いや仲良さそうだったし、秋津さんドコミュ障だから、俺と一対一で飲むのは嫌なもんじゃないかなと」

コミュ障の自覚はあるが、「ド」までつけられるとは思っていなかった。井上のこのずけずけしたところが案外気に入っているらしい自分も、充哉には予想外だ。

「どうせ忙しいんじゃないか、向こう」

飲み会絡みで最近は頻繁に敬史郎と連絡を取っていたが、「もういい」と断って以来、ぱったりと連絡が止《や》んだ。充哉から連絡を取る気も、何となく起きなかった。

(結局敬史郎がうちに来てくれなければ、ゆっくり会うことだってなくなってるんだ)

帰省と考えれば月に一度は充分すぎる頻度《ひんど》だろうが、「好きな人に会う」と考えれば少なすぎる。

そのうちどんどん疎遠《そえん》になっていくんだろうか、と思うと気が塞《ふさ》いでくる。

深く考えるのが嫌で、また飲みつけない酒を、今日も次々口に運んでしまった。

「――だから。しろとは幼なじみっていうか、途中まで兄弟だったんだよ。血も戸籍《こせき》も繋がってないけど」

「いやそのくだり、三回目くらいですけど、秋津さんわかってます?」

いつの間にか酔っ払って、くどくどと自分と敬史郎の関係について井上に説明していた。どうやら同じことを繰り返していたらしい。

「そうだっけ、まあいいだろ。で、俺はもう、しろに兄貴面っていうか保護者面されるのが、すごい嫌なの」

「それはすでに五回くらい聞いてます」

「……好きなのにさあ……俺はこんなだし、暗いしドコミュ障だし手間がかかるし面倒臭いし、しろにとっては本当の弟でもないのにうちの親に世話になってるから放っておくわけにもいかなくて、就職したらこれ幸いと家を出て、そういうの見せつけられるともう、こう……ムカつくやら悲しいやら……」

そう言って酒を呷る充哉を、井上が首を傾《かし》げて見ている。

「さっきから気になってたんですけど、好きって、恋愛感情のそれです?」

「それ以外の何に聞こえるんだよ」

「だったらもう既成事実を作っちゃえばいいじゃないですか、伊住先輩、あの感じだと全然拒《こば》まないでしょ」

「気軽に言うなよ。拒まないからうんざりしてるんだよ、受け入れてもくれないし……」

自分が高校生の頃からいかに敬史郎を誘惑しようとしては、手応《てごた》えなく敗北感を味わってきたかについても、充哉は井上にくどくど説明した。

「いや、言うてキスでしょ？　そんなの、ノリで友達とやったりもするじゃないですか」

「知らない。友達いない」

「伊住先輩のあの顔面であのスペックであの性格で、隙あらばノリで奪ってやろうなんて、大学の頃から女子も男子もわらわらいるわけで」

「……いるのか……」

やっぱりパリピの飲み会ではそんなことが起こるのだ、と想像して死にたくなり、充哉はますます酒を呷った。

「だからキスとか言ってないで、さっさと押し倒せば手っ取り早いですよ。知らんけど」

「押し……倒す……？」

充哉は思わず自分の手を見た。体育以外の運動をしたことがなく、体育すら隙あらばサボり、デスクワークしか経験せず、今ではほぼ引きこもりに等しいこの自分に、あの大柄な敬史郎を押し倒せるほどの腕力があるものだろうか。

「そんなの、伊住先輩も飲ませればいいんですよ。あの人あんまり酔っ払うとこ見たことないし、どっちかって言うと酔っぱらいの世話係ばっかりやってるイメージだけど、秋津さんが飲ませたら飲むんじゃないですか。知らんけど」

「さっきから『知らんけど』って何なんだよ」

「だって伊住先輩のことなら秋津さんの方が知ってるわけじゃないですか。訳知り面したら怒られそうな気がして、秋津さんに」

「そんなことない。すごく……参考になった」

キス程度では伝わらないのだ、ということは、想定外だった。ここまでしているのになぜ何も言ってくれないのだと焦《じ》れていたが、それだけでは笑って流されても当然ということだったのかもしれない。

「おまえいい奴だな、井上。仲よくしよう」

生まれて初めて他人に対して友情のようなものを感じ、柄にもない台詞《セリフ》を口にした充哉に返ってきたのは、なぜか微妙に引き攣《つ》った井上の笑みだった。

「いやあ、秋津さん制作物以上に本人おもしろいから仲よくできたらいいなって俺も思うんですけど、無理じゃないかなあ……俺だって怖い先輩にいびられないよう平和に暮らしたいし……」

「何ブツブツ言ってんだよ？」

井上の言葉は小声の早口で聞き取れない。なんでもないです、と首を振られて、まあいいかと充哉はまた酒に口をつけた。

◇◇◇

善は急げとばかり、充哉は酒の勢いも借りて、井上と別れた足で敬史郎のマンションに向かった。

「ミツ?」

先日の飲み会から二週間ほど、事前の連絡もなしに、午後十一時過ぎだ。エントランスの呼び出しボタンを押すと、敬史郎の驚いたような声がインターホン越しに聞こえたが、すぐにロックの解除される音がした。

「また酔ってるのか、おまえ」

玄関に迎えに出た敬史郎が、充哉を見て呆れた顔になった。

「顔色ほど酔ってない。敬史郎とも飲もうと思って」

途中のコンビニで、缶ビールやら酎《ちゅう》ハイをしこたま買い込んできた。そのビニール袋を敬史郎に押しつける。

「こういう時は同じ量くらい水も買ってこいよ、ミツ、弱いんだから」

「飲み慣れてないだけで、別に弱くない」

「それを弱いって言うんだよ、真っ赤な顔して。ほら水」

勝手にソファに座りながら、充哉は敬史郎から手渡されたミネラルウォーターを受け取った。今は自分の方は素面《しらふ》に近い方がいいだろう。

敬史郎に飲ませて、酔ったところを襲う作戦なのだ。

「まさか一人で飲んでたのか、ミツ」

「井上と飲んでた。——何でおまえまで水なんだよ」

ソファの隣に腰を下ろそうとする敬史郎が手にしているのも水のボトルであることに気づいて、充哉は顔を顰めた。

「せっかく酒買ってきたのに」

「俺明日も出勤なんだよ、動画の撮影あるから」

「芸能人気取りかよ……」

「嫌な動画コメントみたいな絡み方するなよ」

嫌味を言ってやったのに、敬史郎は笑っている。その笑い方が、充哉はもうずっと気に喰わなくて仕方がなかった。

「いいから飲んで。無職が買ってきた酒だから美味《うま》いだろ」

「妙にテンション高いなあ、ミツ」

仕方がない、というふうに、敬史郎が缶ビールを手に取る。

「無職じゃなくて、中村さんから仕事回ってきたんだろ?」

最初の飲み会で声をかけてくれた人から繋いでもらった仕事はうまくいって、今は直接次の仕事の打診を受けている。

「まあ。ゲームのシナリオじゃないけど」

「あの人、才能ある若いのを世話するのが好きな人だから。滅多な相手を紹介しないと思うし、何でもやっておいた方がいいぞ。他の仕事にも繋がるかもしれない」

「……うん。わかってる」

などと、和《なご》やかに話している場合ではなかった。充哉は新しいビールの缶を開けて、敬史郎に押しつける。

「そんなのいいから、敬史郎ももっと飲めって」

「何だ何だ」

両手に缶を持たされ、少々困惑した顔になりつつ、敬史郎は充哉に促されるままビールを口にしている。

「井上と飲むの、そんなに楽しかったか?　っていうか、二人で飲んでたのか」

「あいつ、唯一の俺のファンだから」

「唯一ってことはないだろ。俺だって、ミツの作ったゲーム全部やって、全部好きだよ」

「……いいよもう、そういうの」

だからそんな保護者面を見たくてここに来たわけではない。

まだまったく酔っ払ってなどいないようだったが、充哉は敬史郎をソファに押し倒そうと、相手の腕を押した。

「どうしたミツ、酒零《こぼ》れるだろ」

しかし充哉の力では、敬史郎の体はびくともしない。何とか動かそうとして悪戦苦闘するうち、相手の体にがっちり抱きつく恰好になってしまった。

「え、何。取組？」

「……何で相撲《すもう》だよ……」

こっちは真剣だし精一杯なのに、ふざけてじゃれているようにしか取ってもらえなかったことを感じ取って、充哉はへなへなと体から力を抜いた。そのまま敬史郎に凭《もた》れる。

「そうやって敬史郎は、躱《かわ》してばっかでさあ……」

脱力しながらも、充哉の中に悔しさが込み上げてくる。酔っているせいなのか、馬鹿みたいに涙まで込み上げてきた。

高校の頃、初めてこうして抱き着いて、初めてキスした時のことを思い出す。

あの時も、ひどく焦れったくて、ひどく惨《みじ》めな気持ちを味わった。

「俺のこと何とも思ってないなら、そう言ったらいいだろ。こんな夜中に突然押しかけてきても、追い返せばいいじゃん。そんな、父さんとか母さんに恩義を感じてるわけ？」

涙目で、睨むように顔を上げると、真っ向から敬史郎と目が合った。

敬史郎は困っているようにも見えるし、何とも思っていないようにも見える。

どのみち自分の気持ちが伝わっている気なんて、充哉には全然しない。

少しでも揺らいでほしい。そう思いながら敬史郎に顔を近づけ、キスしてみるが、やっぱり相手は無反応だ。

「……」

惨めさが強くなる。ますます泣きたくなって顔を歪《ゆが》めた時、敬史郎が不意に、自分の眼鏡を外した。

「え？」

今度は、敬史郎の方から顔を近づけてくる。

ぽかんとしている間に、キスされた。

「……」

そっと触れて、数秒そのまま、やがて離れた敬史郎の顔を、呆然と見上げる。

敬史郎は何ともない顔をしていた。

「……何で」

あんまりにも、可哀想だっただろうか。

敬史郎に構ってもらえないことに苛ついて、惨めになる自分を宥めるために、敬史郎自身にそんな慰め方をされなければならないほど。

「うーん」

敬史郎が困惑した様子で声を漏らして、天井を見上げている。

挙句、こんなふうに困らせてしまった。

(こんな反応、見たいわけじゃないのに)

ぶわっと、さらに涙目になる充哉の視界に、なぜか再び敬史郎の顔が近づいてきた。

「……、……っ⁉」

今度はただ触れるだけではなく、唇を割って敬史郎の舌が口中に入り込んで来たことに、充哉は混乱した。

「っ、なに」

反射的に後ろへ反《そ》らそうとした頭を敬史郎にやんわり掴まれ、動けなくなる。

「んっ、ぅ……、……？」

舌を舌で探られ、温かく湿ったその感触に、充哉はただただ混乱した。何をされているのか、頭では具体的に把握できない。なのに触れられる感じだけが生々しくて、ますますパニックに陥《おちい》る。

ようやく敬史郎が離れた時も、自分がどれくらい相手にそうされていたのか、わからないほどだ。

「な、なんで？」

濡れた唇の感触に動揺したまま、喘《あえ》ぐように充哉は声を絞《しぼ》り出す。知らない間に息が上がっていた。

敬史郎は、そんな充哉を不思議そうな顔で見返している。

「したかったんじゃないのか？」

「――」

当たり前のように言われて、ますます混乱してきた。

「そ、そうだけど……」

たしかに自分からキスしておいて、返されたからと驚くのは、おかしいのかもしれない。でも。

「し、しろから、するとは……思ってなくて……、……？」

呆然としたまま呟くと、敬史郎が可笑《おか》しげな顔になって、肩を揺らした。

「じゃあ何でやったんだよ」

「何で……って……俺は、しろが、好きで」

「で？」

「で、……、……」

首を傾げて敬史郎に問い返され、充哉は返事に詰まってしまった。

井上にけしかけられて酒で酔わせた相手を押し倒そうとまで目論《もくろ》んだのに、ここで狼狽《うろた》えるのはあまりに無様だとわかっているが、どうにもならない。

充哉には突然、目の前の敬史郎が、自分のまるで知らない男のように見えた。

4

充哉《みつや》は恐慌状態に陥《おちい》ったようで、すっかり固まってしまった。

昔から、キャパを超えると何も言わず何もできず何も考えられずにじっとして、ただただ嵐が過ぎるのを待つようなところがある子供だった。

(しばらく動かないか、これ)

こうなるともう、放っておくしかない。敬史郎《けいしろう》は、気長に待つつもりで、じっと目の前の充哉を見た。

左目は高校時代の一件のせいでずいぶん視力が落ちてしまったものの、手術はうまくいったし、眼鏡で矯正《きょうせい》すれば、日常生活に支障があるほどではない。

その目で、まじまじと充哉の姿を眺める。

(ミツは、本当変わらないなあ)

中身も見た目も、高校時代の辺りで止まっている。髪型まで同じだ。見た目にまったく頓《とん》着《ちゃく》していない。せっかく、誰もが羨《うらや》むくらいに綺麗な顔をしているのに。

(自分に興味なさすぎなんだよ)

そっと苦笑いしながら、敬史郎は何となく、充哉が変わるのをやめてしまった高校時代を思い出していた。

「私の気持ち、わかってるんでしょ?」

そう言ったのは、誰だったか――。

(ああ。文芸部員の浅倉《あさくら》さんだ)

高校二年生の時に、同じクラスになった少女。文化祭でオリジナルの脚本で演劇をやるのだと張り切っていた。

彼女は国語力が高いタイプのオタクで、綺麗なものと可愛いものと、二・五次元の俳優とやらが好きだった。

そんな彼女が綺麗で賢くそして性格が歪《いびつ》な充哉にあっという間に夢中になるのは、敬史郎にも手に取るようにわかった。何しろ文化祭の準備にかこつけて、敬史郎に充哉のことばかり訊《たず》ねてくる。充哉が自分たちの教室に現れた時には、真っ先に声をかけていた。他の皆が充哉の人形みたいに整った容姿と突慳貪《つっけんどん》な態度に怯《ひる》んで、遠慮がちにしているのに。

浅倉さんみたいなタイプは、多分充哉も結構、好きだろうな。

そう思うとなかなかおもしろくなくて、文化祭の準備のために彼女が秋津《あきつ》の家に来た時は、うまいこと他のメンバーを追い払って二人きりになった。

そして牽制《けんせい》しておこうと敬史郎が何か言うより早く、先手《せんて》を取られて言われたのだ。「私の気持ち、わかってるんでしょ?」と。

敬史郎は聡《さと》い彼女に、ついつい笑みを漏らしてしまった。文芸部員として、ボーイズラブ作品も嗜《たしな》んでいるのだと以前堂々と聞かされたことがある。その辺りに敏感なタチらしい。

「わかってる。——俺も同じだから」

なので敬史郎も堂々と答えたら、浅倉は「うわ……」と顔を顰《しか》めて敬史郎を見た。

「秋津君、今、滅茶苦茶《めちゃくちゃ》悪い顔してるんだけど」

あの頃はまだ秋津姓を名乗っていた。

「そう?」

「絶対弟を渡すもんかクソ女、って顔に書いてある」

「『クソ女』ではないかな」

「そうか、もっと口に出来ない感じか……」

さすがにそこまで酷《ひど》いことは思っていないと答えたつもりなのに、逆に取られてしまったようだった。

(まあ、別にいいか)

性格の悪い嫌な奴だと思われたところで、敬史郎の方は痛くも痒《かゆ》くもないのだ。

そこに、いるとは思っていなかった充哉が飛びこんできたので、話は中断した。充哉は取り乱した様子で、浅倉を家から追い出してしまった。

「……つき合ってるの、さっきの人と」

そしてどうも浅倉が敬史郎を好きだという、彼女にしてみればとんでもない誤解をしていた。

「いや？」

敬史郎の方は、彼女の気持ちを親切に充哉に伝える気などさらさらない。

「これからつき合う？」

「つき合わないよ」

浅倉が言った「絶対弟を渡すもんか」の辺りは耳に入っていなかったらしく、そのことに敬史郎は内心がっかりしていた。

敬史郎からいくら充哉が大事だと言葉や態度で伝えたところで、充哉の方は「兄代わりだから」という固定観念が抜けないまま大きくなってしまった。だから他人の言葉なら、多少伝わるかもしれないと思っていたのに。

「おまえは絶対一生彼女とか作らないで。結婚しないで。養子縁組とかしてちゃんと俺の兄弟になって。家から出てかないで、一生俺と一緒にいて」

泣きながら自分に訴える充哉に、敬史郎は苦笑いしか浮かばない。

――ちゃんと俺の兄弟になって。

それが充哉にとって一番の望みであると、充哉自身は気づいていないのかもしれない。

(兄弟が駄目なら恋人でもいいや、みたいな短絡的な思考が、問題なんだよなあ)

充哉にキスされた唇の感触を持て余しながら、敬史郎はこっそりと溜息をつくしかなかった。

その翌日、敬史郎は文化祭の準備中の隙を見て朝倉と二人きりになり、昨日の弟の無礼を謝った。

「私、とんだ間男《まおとこ》というか、当て馬じゃないの」

そう言う浅倉が妙に嬉しげであることは、敬史郎にもちょっと謎だった。

「間男って、女子にも使うっけ?」

「別に秋津君に許可を取るものじゃないと思うから、私は私で、充哉君と仲よくさせてもらうからね」

浅倉は強かった。大抵、敬史郎がそれとなく圧力をかければ、充哉に興味を持つ人間は離れていくのに。

「充哉には、男女交際とかまだ早いよ」

浅倉は前日に引き続き、「うわ……」という顔で敬史郎を見た。

「高一で早かったら、いつならいいのよ?」

「情緒が育って大人になったら……か?」

「気の長い話ねえ」

呆れっぱなしの調子で、浅倉が言う。彼女にも、充哉の感情がうまく育たないままここまで来てしまったことが伝わっているらしい。

なまじ勉強が出来るうえ、見た目もいいせいで、敬史郎が牽制するまでもなく、充哉は大抵の人間に「高飛車《たかびしゃ》で嫌な奴」と思われて遠巻きにされている。

「私はあわよくばって気持ちだっただけだから。秋津君みたいに厄介《やっかい》なのがついてきてまでつき合いたいとは思わないからね。そもそも恋愛っていうか、ファン心理みたいなもんだし」

「そういう中途半端な気分で、ミツに手ェ出してほしくないんだよなあ。ちょっとずつ、まともに人と触れ合えるように、いろいろ気を配ってるとこなんだから」

浅倉がまたしても、「うわ……」と言いたげな表情になった。

だが敬史郎はやっぱり誰にどう思われようが、充哉がまっとうに生きていけるようになることの方が、何より大事だった。

（秋津の父さんも母さんも普通の人過ぎて、ミツの扱い方がわかってない。あの人たちだけじゃなくて、周りにいる全員）

それは彼らの側に非があるわけではなく、充哉の方が、とにかく難解な子供だったというだけの話だが。

小学生の頃に秋津の家に引き取られ、充哉を見た瞬間、敬史郎は彼が普通とは違う子供だということがすぐにわかった。あらかじめ、「人見知りの強い子で……」「お友達ができないのよね」ということは聞いていたが、充哉は彼らが想定している『難しい子』ではなかった。もっと度を超えて面倒臭《めんどうくさ》い子だったのだ。感受性が強すぎてそのままでは生きていけないから、心を鎧《よろ》って生きている。他人から傷つけられないように、外側に関心を向けないよう、無意識に防御している。

自分になぜそれがわかったのかは、敬史郎にもわからない。

ただ初めて会った時から、そんな『難しい』充哉が自分にばかりはくっついて離れたがらず、歳の割に幼い口調で「しろ、しろ」と話を聞いてもらいたがる様子が可愛くて、あっという間に好きになった。

充哉のことなら何でも知りたかったし、どうにかしてもっと理解しようとし続けた。

最初は敬史郎自身も、ただの保護意識のようなもののせいだと思っていた。自分の方が年上だし、充哉よりは強いから、守ってあげなければいけないと。

でも高校受験に入る辺りで、それがもっと強い、どうしようもない執着心なのだと気づいてしまった。

(部屋を分けてくれてよかった。あのままだったら絶対俺はミツに手ェ出してたし、ミツはそうされて嫌なのかどうかもわからないまま『しろがしたいなら嬉しい』ってなっただろうし)

敬史郎には充哉の自分に対する妄信《もうしん》が怖かった。でも、好きな子に好かれれば単純に嬉しい。

充哉のためなら何でもできる気がしていた。

と同時に、そんなのは充哉をますます駄目にするだけだとわかってもいた。

別に、充哉に自分ばかりを見て、孤立して欲しいわけじゃない。いい友達に囲まれて、辛くなく、できるだけ楽しく、自由に生きて欲しかった。

――だから充哉にやたらとちょっかいをかける桑原《くわばら》とかいう野球部員のことは、最初から目《め》障《ざわ》りで仕方がなかった。

(定期的に現れるよな、ミツの関心を惹《ひ》きたいくせに自覚がなくて、無視されたのを馬鹿にされたって曲解する馬鹿。馬鹿にするほどミツはおまえに興味ないって、馬鹿はどうして気づかないんだ?)

実際充哉は、自分が桑原という名前のクラスメイトに嫌がらせ染《じ》みたことをされていると、最初理解していなかっただろう。

廊下を通りすがる時に聞こえよがしな嫌味を言われたのに、充哉はまったく気づかず去っていく場面に遭遇したことがある。顔を赤くしてその充哉の背中を睨《にら》みつける桑原を見て、敬史郎は溜息を吐《つ》いたものだ。

(何でこう、子供っぽいかね。高校生にもなって)

好きな子をいじめる男子ムーブは小学生までにしてほしい。

どうせ充哉には届かないのに。

見るに見かねて、敬史郎はつい、桑原がひとりの時に、声をかけてしまった。

「あのさ。うちの子に意地悪するの、やめてくれる?　逆効果だよ」

「は……!?」

何を言われているのかわからない、という表情で自分を睨みつけてくる桑原を見て、敬史郎は自分で自分に呆れた。

（あ、俺も大人げねえわ）

藪《やぶ》をつくような真似をしてしまった。本人に自覚がないのなら放っておけば、桑原のちっぽけなプライドが「あんな奴、構うまでもない」というふうに、自分が無視された事実を捻《ね》じ曲げ、「俺が無視してやってる」という方に感情を導いてくれたかもしれないのに。

だからまあ、痛い目を見たのは自業自得だと思うのだ。

敬史郎が声をかけた時から、充哉に対する桑原の言動はエスカレートしていった。

おそらくもう、桑原自身にも自分の衝動がコントロールできなくなっていたのだろう。

火をつけたのは自分だから、自分自身が怪我をしたのは、こちらのやり方が拙《まず》かったせいだと諦めがつく。それと引き替えに桑原が充哉の前から消えてくれれば万々歳《ばんばんざい》だ。

だが、『自分のせいで敬史郎に傷を負《お》わせてしまった』と絶望した顔になる充哉を見て、敬史郎は自分の軽率《けいそつ》さや立ち回りの下手糞《へたくそ》さすべてを後悔したし、恥じた。一言言ってやらなければ腹が納まらなかった自分の未熟さを思い知った。

そうして心から悔やみつつも、しかし自分が傷つけば充哉も痛みを感じるという事実が、どうしようもなく気持ちよかったことは否《いな》めなく――。

（やっぱ俺も、ガキだ）

もっと大人になろうと、不本意な入院期間中、敬史郎は固く自分に誓った。何が不本意って、罪悪感に嘖《さいな》まれた充哉は、一度も見舞いに来てくれず、秋津敬史郎を名乗るようになってから初めて、充哉と会えない日を長く過ごす羽目になったのだ。

(自分が俺の夢を潰したって思い込んで、違うって説明してもわかってくれなくて)

パイロットになりたいと言ったのは、そもそも、充哉なのだ。

出会って間もなく、充哉が熱心に戦略シミュレーションゲームをしているのを眺めていたら、不意に「戦闘機が好き」だと話してくれた。こういうのに乗る人になりたいけど、俺は高いとこ嫌いだし、でもパイロットってかっこいいよなあ……そう言った充哉に、「じゃあ俺がパイロットになろうかな」と敬史郎が言ったのが始まりだ。

あの頃の充哉はいまいち自分と他人の区別がついていなくて、話してくれたというよりは独り言のようなものに聞こえたから、詳細を覚えていないのかもしれない。

敬史郎にとっても何の気なしに出た子供らしい軽口のようなもので、なのに何年も経《た》ってから「しろはパイロットになるんだろ」と充哉が言い出したから、驚いた。

そこでも、そうした方が充哉が喜ぶならなってもいいかな――という、どこまでも軽い気分で頷いた。

だが大きくなった充哉は敬史郎がパイロットになるというのを喜ぶどころか、「防衛大に進むってことは、秋津の家を出たがってるんだ」と解釈して、不安がるようになってしまった。

敬史郎だって充哉に会えなくなるのは御免《ごめん》なので、パイロットよりも充哉が喜びそうな就職先をみつけ次第進路変更を告げるつもりだった。

しかしその前に、目を怪我してしまった。

負い目を持ってしまったらしい充哉に、「生活に困るほどじゃない」と言えば「でもその視力じゃパイロットになれない」と泣かれ、「本気でパイロットになりたかったわけじゃないから」と告げても慰《なぐさ》めに取られてますます落ち込ませるばかりになったから、仕方なく、敬史郎はそのことについて口に出すのはやめた。

そんなことすらうまく説明もできず、充哉に負い目を持たせせっぱなしの自分が、敬史郎にはずっと情けないままだ。

(俺がしっかりしないと、充哉と離れる羽目になる)

そもそも、いくら表向きには秋津敬史郎を名乗り、周囲から、充哉自身からも充哉の『兄』であるという認識を持たれていたとしても、結局は赤の他人なのだ。

充哉に何かあれば、血縁である両親しか対応できない。もし怪我をしたのが自分ではなく充哉であればと考えると、敬史郎はいろんな意味でぞっとした。敬史郎がその場にいながら充哉を守れなかったとなれば、秋津の両親は敬史郎に失望するかもしれない。もっといい「お守《も》り役」を据《す》えようと考えるかもしれないし、敬史郎には重荷だっただろうと申し訳なく思って、その役から解放させられてしまうかもしれない。

(俺が秋津の家に引き取ってもらえたのは、充哉が持て余されてたからだ)

仕事が忙しく、そもそも『普通』の感覚しか持っていない両親では『難しい子』である充哉を理解しきれず、年の近い子供ならいい影響を与えられるのではと期待してもらえた結果なのだ。

もちろん大事な親友の忘れ形見《がたみ》ということで意志を尊重されているから、「十八歳を過ぎたら、うちや充哉に縛《しば》られずに、自由にしていいんだからね」と繰り返し告げられている。それが敬史郎にとっては都合が悪いだなんて、秋津の両親は思ってもいないだろう。

秋津の家を出て行けば、充哉との関わりは薄くなる。

しかし秋津の家にいたまま自立できなければ、充哉に何かあった時に両親から頼りにしてもらえない。

だから敬史郎は大学の四年間で堅実な職に就《つ》けるよう真剣に勉強して、できる限りのアルバイトをして、将来に備えた。

充哉も就職し、そこそこ貯金が貯まったのを見はからって、家を出て自活するべきだと唆《そそのか》そう。

それで、両親の方をつついて、「あの充哉が急に一人暮らしだと心配だから、敬史郎と一緒なら安心だ」と思わせて、強引にでも同居に持ち込もう。

あとはもう、充哉が暮らしやすく生きやすい環境を整えてやれば、大成功だ。

そう思っていたのに。

（まさか一年で充哉の会社が潰れて、実家頼りになるのまでは、予測できなかった）

さすがに無職になった充哉の面倒を自分が見てやると言えば、秋津の両親はあまりいい顔をしないだろうし、充哉自身施《ほどこ》されていると傷つくだろう。

どうも、うまくいかない。

（絶対なんてないんだな、やっぱり）

うまくいかない理由は、もうずっと明白だ。

「――ミツは、俺がずっとミツのこと兄としてじゃなく好きだったって言っても、信じないだろうから」

◇◇◇

「え？」

聞こえる大きさで独り言を漏らしたら、案《あん》の定《じょう》、充哉がまた混乱したような表情で俯《うつむ》いていた顔を上げた。

敬史郎が見返すと、充哉は狼狽《うろた》えた様子で視線を逸《そ》らす。

「……いいのに、そんな……こっちに、気を遣わないで。余計惨《みじ》めになるだろ」

ほらみろ、さっぱり通じない。

「そう言うと思ったから告白できずじまいだったし、ましてやこっちから押し倒してどうこうなんてことは避けてたんだよ」

「……?」

充哉はまったく敬史郎の言葉が頭に入らない様子だった。

「ええと、俺は、すごい……敬史郎に対して執着し過ぎてて普通じゃないし……会った時から気持ち悪いくらい敬史郎が好きで、高校の頃は拗《こじ》らせてるとまで言われるし、今でもしろがいなくなったあとの部屋で寝たりしてるし……」

「知ってる。全部知ってた」

しどろもどろに言いながらまた俯く充哉に、敬史郎は頷く。

「『両想い』だって知ってたよ」

「……!?」

だが驚くばかりで、納得する気配がない。

敬史郎はさっきまで思い出していた高校時代のことなどを、ゆっくり充哉に話して聞かせた。それでも充哉は、ひとつも理解できないという顔をするばかりで、敬史郎は苦笑いを浮かべるしかない。

「ほらな。こうやって話してもミツには信用されないし。かといってミツから告白してくれる気配もないし、どうしたもんかって悩んでたんだよ、俺だって」

「悩む……敬史郎が……？」

まるで敬史郎にはうまくできないことなどひとつもないはずだという顔で、充哉が首を捻《ひね》っている。

「そんな『腑《ふ》に落ちない』って顔しないでくれよ、虚《むな》しくなるから」

「虚しい……って……」

「ずっとそばにいて、ずっと味方でいれば、そのうち信じてくれるだろうと気長に頑張ってたんだけどな、これでも」

「……なんか……よく……わかんない……」

身を縮める充哉に触れようと敬史郎が手を伸ばしたら、ビクッと大きくその肩が震えた。

敬史郎はやっぱり、苦笑いを浮かべるしかない。

「ミツはさ、俺がおまえを守ろうとしてばかりいるとか、兄貴面《づら》してるとかに、すごく不満を持ってただろ？」

「——うん」

ようやく自分の理解できる話になったからだろう、充哉はどことなく安堵《あんど》したような表情になって敬史郎を見上げ、頷いた。

敬史郎は、そんな充哉をじっと見返す。

「でもそれは、そう思い込もうとしてるだけだから」

「え？」

「ミツはミツが見たいようにしか見てない。他人の好意も、俺の好意も」

充哉は戸惑った顔で、また固まったように動かなくなった。

「おまえが俺にそうあってほしいんだろ。保護者なら別れる可能性もなく、絶対にそばにいてもらえるから。本当は恋人としてじゃなくて、兄貴としてそばにいてやれる俺の方が都合がいいんだろ？」

「――」

充哉の視線が宙を彷徨《さまよ》う。

多分、図星を指されてようやく、自分の本心に気づいたのだろう。

(好きな相手に本気で惚れられてるかどうかくらい、わかるに決まってるだろ)

充哉が必死にこちらの気を惹《ひ》こうとするたび、敬史郎は割合辛《つら》かった。

全体的に辛いだけではなかったのは、それでも、まったく脈がないわけではないということもまた、わかっていたおかげだ。

中学高校と、敬史郎が一生懸命働きかけ続けたおかげで、充哉の情緒はゆっくり育っていった。子供の頃のように人を人とも思わぬ言動は多少だが鳴《な》りを潜《ひそ》め、自分に向けられた好意には義理であってもきちんと礼を言ったり、何かしら反応できるようになってきた。

なるべく人と触れ合わせたくて、高校時代は自分のクラスの文化祭の準備に引っ張り込んだ。

思った。

文芸部員の浅倉とそれなりに打ち解けかけているように見えたのは、嫉妬も覚えつつ敬史郎も嬉しかった。自分が誰かの恋愛対象になるような存在だと気づいてもらえれば敬史郎にもメリットはあるし、充哉の厄介さを知った上で好きになってくれる浅倉は見る目があるなとも思った。


しかし桑原の一件のせいで、充哉の心はまた内に籠《こ》もるようになってしまった。

あのまま高校生活が楽しいものになってくれれば、充哉はもっと早く、見違えるように成長したはずなのに。

保護者なんて必要もなくなって、秋津充哉として、伊住《いずみ》敬史郎の告白を受け入れてくれるまでになったかもしれないのに。

「……絶対に、そばにいてもらいたいって……俺は思ってたのかもしれないけど……」

消え入りそうな、聞き逃してしまいそうな声で、充哉が言った。

「……でも、絶対なんて、ないだろ」

「そうだよ」

充哉の呟きに、敬史郎はすぐに頷く。縋《すが》るような充哉の言葉が、本当は「あるって言って欲しい」という内心の裏返しだとわかっていても。

「この世に絶対なんてないんだ、充哉」

少なくとも、充哉が無意識に信じたがっていた『絶対』はあり得ない。一生そばで守ってくれるはずだった『しろ』はもういない。

充哉の目の前にいるのは、やけくそ顔でキスなんてされるたび、それが恋情《れんじょう》ではなく庇護《ひご》を請《こ》うものだとわかってしまって辛くて辛くて、悲しいのに行為自体には興奮して、「いっそ押し倒して犯してみたら充哉にも伝わるんじゃないか」と思い詰めてみたり「いや、それじゃ保護者と被保護者のまま体の関係だけあるっていう最悪なパターンだろ」と必死に堪《こら》える自分が情けなかったりで、結局苦笑を浮かべるしかない馬鹿みたいな実質片想い男なのだ。

そんな自分の憐《あわ》れさなんて、ちっとも充哉に通じやしない。

今の充哉は傷ついた顔で、泣きそうになっている。敬史郎の言葉を「俺はおまえの保護者なんかじゃない」と突き放されたと解釈して、落ち込んでいるのだ。

冷静でいようとして、最後の最後で箍《たが》が外れるのは自分の悪い癖だという自覚は敬史郎にもある。桑原を挑発してしまった時もそうだ。

それでも堪えきれず、敬史郎は充哉の肩を抱き寄せて、もう一度キスをした。

「……っ」

ただでさえ混乱しているところに追い打ちをかけたせいで、充哉はもう真っ青な顔になりながら、敬史郎の体を力一杯突き飛ばした。

大した力じゃなかったけれど、敬史郎は大人しく突き飛ばされてやり、体を離した。

「か……帰る」

震える手で床に置いた自分の荷物を取り上げ、足を縺《もつ》れさせながら、充哉が敬史郎の部屋から逃げ去っていく。

「……やっぱまだまだ、大人げねーな俺」

敬史郎は充哉を引き摺《ず》ってでも連れ戻したくなる衝動を必死に堪えて、ソファの背もたれに突っ伏す。

「ごめんな、ミツ」

もうここにはいない相手に、聞こえもしない謝罪の言葉を呟いた。

余計なことは何も気にせず、充哉の気持ちがどんな種類であろうと好きでいてくれるのは間違いないのだからと、独り占めしてしまえればいいのかもしれない。

それがどうしても出来ない自分の頑《かたく》なさに、敬史郎だって自分でうんざりしている。

(充哉よりずっとどうしようもないんだ、俺が)

根深いところで動かしようのないものが、敬史郎の中に宿っている。

(もっと別の、まともな奴におまえを引き渡した方がいいんだろうけど……)

考えたところで、心の底からぞっとした。

「……無理。死ぬ」

本当に、どうしようもない。

敬史郎は何度も深い溜息を吐いた。

5

もう、何がなんだかわからない。

敬史郎《けいしろう》から言われた言葉は、充哉《みつや》にとってひとつも理解できないものばかりだった。

(敬史郎が俺を好き……って、ありえない、そんなの)

そこでありえないと思ってしまうのが、どうやら敬史郎にとってはよくないことらしい――というのは朧気《おぼろげ》にわかるが、その理由が自分で自分に説明できない。

酔っ払って敬史郎の家に押しかけたのが二週間前、それ以来相手と連絡を取っていない。

敬史郎が自分を避けているのだろうかと疑うような間隔《かんかく》の空き方でもなく、心配した両親がそろそろうちに夕飯でも食べに来たらと連絡するような時期でもなく、ただ、充哉は明確に敬史郎との接触を避けていた。

(会うの、何か、怖い……)

敬史郎に対してそんなことを思うのは初めてだ。

二週間、もらった仕事を集中してこなしている間はよかったのだが、集中しすぎて予定より早く手が空いてしまった。

次の仕事はまだ打ち合わせ前で、勝手に書き始めるわけにいかない。

家にいるのも落ち着かず、充哉は一人で街をぶらついた。人混みが苦手な充哉にとっては驚異的な行動で、それに自分では気づかないくらいには、混乱しっぱなしのまま。

喉《のど》が渇《かわ》いてカフェに入ってから、そういえばこんな店で注文するのは初めてであると思い出し、死ぬ思いでただのコーヒーを一杯頼んで、よろよろとカウンター席に腰を下ろした。

（人間一周目すぎる……前世は虫か何かだったのか、俺？）

たかが街をぶらつくだけでも疲弊《ひへい》するんだから、人生やってられない。どうしてもっと普通に生きられないんだと、コーヒーを一杯飲む間にもどんどん悲観的になってきてしまった。

溜息をついた時、横から不躾《ぶしつけ》な視線が向けられていることに気づいて、充哉は眉を顰《ひそ》めた。じろじろ見られている。何だこいつ気持ち悪いな、席替えようかな、でも途中で勝手に替わっていいものなのか……などとぐるぐる迷っていた時。

「……やっぱり、秋津《あきつ》？」

「え？」

名前を呼ばれて驚いた。おそるおそる隣にいる男を見遣るが、誰なのかわからない。ただ、顔を見た時というか、声を聞いた時から、何となく胸にざらざらとざわつくものを感じていた。

「たまたまこっちに用があったんだけど、ここで秋津に会うなんて……」

男は充哉と同じくらいの年齢に見える。

「覚えてないか……俺、桑原《くわばら》だけど。おまえと同じ高校で一学期だけ一緒だった……あの」

「――」

名前を聞いた瞬間、血の気《け》が引いた。

敬史郎に怪我をさせた張本人だ。

「ごめん、待ってくれ！　嫌だろうけど待ってくれ！」

反射的に椅子から腰を浮かしかけた充哉を見て、桑原が小声で懇願《こんがん》してくる。

「どうしても謝りたかったんだ、ずっと。そんな権利ないだろうけど、一言だけでも――あの時は、ごめん。すみませんでした」

深々と頭を下げる桑原に、充哉は困惑した。

今になって、偶然桑原に会うなんて、思ってもみなかった。

「あの頃俺、すごい子供で。秋津の気を惹《ひ》きたくて、卑怯《ひきょう》なことばっかりしてたんだ」

「……」

謝罪は聞いたしもういいだろう、と充哉は今度こそ帰りかけたが、「秋津の気を惹きたくて」という言葉に、踏み止《とど》まった。

桑原の言葉そのものというより、敬史郎に言われた「ミツはミツが見たいようにしか見てない。他人の好意も、俺の好意も」という言葉が引っかかったのだ。

「気を惹きたいって、俺を好きだったたってこと？」

うまい訊き方がわからずにストレートに訊ねたら、桑原が恥じ入るように目許《めもと》や耳を赤くした。テーブルに向き直って項垂《うなだ》れてから、頷いている。

「そう……あ、先に言うけど俺、結婚してるから、ほら、指輪！」

結婚指輪らしきものを見せつけられたが、そんなものはどうでもいい。

「だから、あれは多分、あの頃だけ……っていうか秋津にだけ感じてた気持ちなんだろうなと思うんだけど……好きだったんだよ、おまえのこと。自分でもわかんなかったというか、おまえも男だしそんなはずないって気持ちが強いせいで、余計反撥《はんぱつ》してたっていうか」

「あ、そうか」

「え？」

「――や、なんでもない」

桑原に言われて初めて思い至ったが、そういえば男同士での恋愛というのは、一般的には不自然なものなのかもしれない。

敬史郎にべったりだった学生時代、性別がどうというよりは「兄弟でベタベタしすぎ」と言われた方が印象に残っていたので、あまり気にしていなかった。多分これが兄妹だろうが姉弟だろうが、依存しすぎなのは気持ち悪いと言われるものだろうと思っていた。

この辺りの無自覚加減も、敬史郎を不安にさせたのだろうか。

「どうぞ、続けて」

「えっ、ええと……で、嫌なこと言ったり、イジりとかで濁《にご》しちゃいけないような乱暴なことしたりとか——おまえの兄貴、怪我させたり、とか。あれからずっと、後悔してる」

「……そう」

それと自分に何か関わりがあるのだろうかと、どうしても思ってしまう。

桑原が悔やんだから何なのだろう。敬史郎の目は元どおりにはならない。

（……っていうのを、多分、突っぱねちゃいけないのか……？）

敬史郎から、ずっとそういうことを教えられ続けているような気はするのだ。

『ミツはさ、もうちょっと人が自分のことをどう思ってるか考えてみたら、少しだけ楽に生きられると思うぞ？』

そういう感じのことを、折りに触れて言われた。よく意味がわからなかったので、「そうなんだ」と相槌《あいづち》を打つことしかできなかったが。

「桑原は俺を好きなのに俺がそれに応《こた》えないから、ムカついたってこと？」

「うっ……うん、ざっくり言えば、そういう感じ」

「まあそれは、何となく、わかる……」

敬史郎を好きなのに、同じ気持ちで応えてくれないことが、悲しかったし腹立たしかった。

もしかしたら敬史郎も今、そういう気分でいるのだろうか。自分が充哉を想うように自分を想ってくれないと、悲しんでいるのだろうか。

「本当に、子供で、馬鹿だったと思う。改めて、申し訳なかったです」

桑原が再び充哉に向き合い、深々と頭を下げてくる。

「俺はいいよ、別に、どこか傷ついたわけでもないし」

敬史郎と違って、というところまではこの流れで口にしない方がいいだろう。桑原は真実反省しているようだった。追い打ちをかけるには後味が悪い。

「……秋津先輩にも、本当に、申し訳ないことしたと思ってる。治療費しか受け取ってもらえなくて、それすら親がかりだったし」

「敬史郎にも会う？」

「え⁉」

敬史郎にも直接詫《わ》びた方が、桑原の気分が晴れるのかもしれない。充哉にすれば敬史郎を傷つけた桑原を直接会わせることに拒否感はあるが、敬史郎なら多分、桑原の謝罪を快《こころよ》く受け入れるだろう。

「会いたいかどうか、とりあえず俺から敬史郎に聞いてみてもいいけど」

「いやっ、一応、あのあとに手紙では詫びて、許すって返事もらったし……」

しかし桑原の返答は、何とも歯切れが悪い。

充哉が怪訝な顔をしていると、桑原がどことなく言い辛《づら》そうに、やはり歯切れの悪い口調で続けた。

「こういうの、秋津に言うのもどうかと思うけど……俺、昔っから秋津先輩のことが、怖くて」

「怖い？　何で？」

敬史郎のことが苦手だという人間に充哉はいままで会ったことがないし、ましてや怖いというのは意味がわからない。

「だってあの人、おまえ庇《かば》って俺に怪我させられた時――笑ってたんだ」

辺りを憚《はばか》るように小声で言う桑原に、充哉はますます訝《いぶか》しい心地で首を捻《ひね》る。

「俺が無事だったから安心してとかじゃなくて？」

「そうかもしれないけど、何かそういう感じじゃなくて、こう……わかんないけど、怖かったんだよ。というか、たとえ安心してでも怖いだろ、普通笑わないよ、本当に俺が言うことじゃないけど血まみれで、頭打って、痛がるどころか笑うって」

「……よくわからない」

充哉の記憶だと、敬史郎は血を流しながら、顔を顰めていたはずだ。相当痛かったんだろうと思う。視神経をやられるほどの怪我だったのだから、当然だ。

「俺も本当わかんないけど……多分俺は秋津じゃなくて、先輩に怪我させたから、先輩に許されたんだよ」

たしかに敬史郎は、自分よりも充哉を傷つけられたことの方が怒るだろうというのは、充哉にも想像がつく。充哉だって同じだからだ。

しかし桑原が何をこんなに怯《おび》えているのかは、いまいちよくわからない。

「まあ、敬史郎が許してるなら、今さら謝る必要もないんだろうけど。でも許されてるなら、会うのも怖くないんじゃ？」

「いや無理。というか、できればここで秋津に会ったこと、先輩には言わないでくれ。手紙で、二度とおまえの前に現れないようにって言われてるんだ。丁寧な文面だったけど俺はそれが怖くて怖くて、二度と読めずに、でも捨てることもできずに、ずっと抽斗《ひきだし》の奥にしまってる……」

「はあ」

よくわからないが、別に無理矢理桑原を敬史郎に会わせたいわけでもない。これ以上促《うなが》すこともないだろう。

桑原は最後に深々と頭を下げた後、充哉の前から去っていった。

「何が何だか……」

ただ話をしただけなのに、どっと疲れてしまった。

「気晴らしのつもりで外に出たんだけどな……」

このまま帰っても一人で鬱々《うつうつ》とするだけだし、桑原と話したことを自分の胸にだけ収めるのも落ち着かなかったので、充哉は誰かと一緒に酒でも飲むことにした。

誰かと言ったところで、こんな時に敬史郎が呼べなければ、あとは井上《いのうえ》しかいない。

井上は充哉の誘いに二つ返事で乗ってくれたが、仕事が終わったあとに指定の居酒屋に辿り着いた時、充哉がすっかり出来上がっているのを見て「うへぇ」と声に出していた。

「いや俺来る前に飲み過ぎでしょ、何杯飲んだんすか……って、ビール二杯じゃん、どんだけ弱いのこの人」

「井上聞いてくれよ、桑原が……」

「誰ですか桑原って、いや聞くけど、せめて順序立てて」

充哉は井上が何か言っているのには構わず、ただただ、胸に浮かんだことをつらつらと口に出して喋《しゃべ》った。

今日桑原に会ったことも。

その前に、敬史郎に言われたことも。

「俺はやっぱり、いろいろと、よくわかんなくて……」

「俺も何で知り合って間もないのにこんな個人的なことを包み隠さず教えてもらってるのか全然わかんないんですけど……話がだいぶループしてることには気づいてほしいなあ……って寝るしさここで、マジかこの人」

井上の声がいつの間にか遠い。充哉は気づけばテーブルに突っ伏して転《うた》た寝をしていた。

うっすらと目が覚めたのは、聞き慣れた声が間近で聞こえたからだ。

「だから充哉にあんまり飲ますなって言っただろうが」

――敬史郎の声だ。

「俺が来た時にはぐでんぐでんだったんですって、そこまで責任持てませんよ」

「大体、何でこの間から、井上が充哉と二人でしょっちゅう飲んでるんだよ」

「しょっちゅうってほどでもないですけど。まあいろいろ趣味合うし、他の人じゃなかなか知らないマイナーなゲームとか海外小説とか知ってるから、楽しいですよね」

「へー」

二人の会話が時々うねるような音で聞こえる。どう考えても飲み過ぎだ。少し気分も悪くて、動くと吐きそうだったから、充哉はうつらうつらしたままテーブルに突っ伏し続けた。

「……あの、俺が口出すこっちゃないかもしれないっすけど、伊住《いずみ》先輩、これどうするんですか?」

「どうって?」

「この人、伊住先輩がいないとてんで駄目じゃないですか」

「そうか?」

「だって会話の八割くらい先輩のことですよ。共通の知り合いとはいえ、持ちネタの八割がそれってまずくないですか」

「まずいから、独り立ちできるように何とかお膳立《ぜんだ》てを頑張ってるんだよ」

「いや無理でしょ、結局無理なこと先輩もわかってるでしょ。この人から伊住敬史郎引っこ抜いたら皮だけになってベチャって地面に落ちますよ」

まったく井上は上手い言い回しをする。充哉は手を叩いて笑いたくなったが、やっぱり吐きそうだったのでじっと我慢した。

「大体先輩、この人のこと好きなんですよね？　だったら相思相愛ってことで勝手に仲よくやってたらいいじゃないですか。別に秋津さんが人として駄目でも、クリエイターとしてはどうにかなるだろうし。あとは先輩が全部面倒見てあげたらＷｉｎ‐Ｗｉｎでうまく収まる気がするんですけど。何が何でも自立させたい感じです？」

「まあ——本音言って、別に充哉が世の中でうまくできなくてもいいと思ってるけど」

「あ、あれ、そうなんだ？」

自分の声が漏れたのかと思ったが、驚いたように言ったのは充哉ではなく井上だ。

「うん。最終的には俺が全部面倒見ればいいんだって思ってる。でもそれだけだと、周りは心配するだろ」

「ああ、ご両親とか……」

「そうしたら家に様子を見に来たり、あれこれ口出しされて、結局ミツを俺だけのものにするっていうのは不可能だし。周到《しゅうとう》に準備しないと」

「……えっ、怖《こわ》……何それ、怖……」

「ミツの自立と俺の満足が円満に成り立つ形が一番に決まってるだろ」

「人権重視の監禁犯みたいな矛盾《むじゅん》した何かを感じる……」

「おまえおもしろいこと言うなあ」

「……しろ」

充哉は必死に吐き気を堪《こら》えて、どうにかテーブルから体を起こした。

「――ミツ、大丈夫か？　ほら水、飲んで」

すかさず保護者の顔で水を差し出す敬史郎の手を、充哉はそっと押し退《の》けた。酔いで霞《かす》む目で相手を見上げる。

「しろ、俺、わかんないよ。結局しろは、俺をどうしたいの。保護者なんか嫌だから距離を置くみたいな感じじゃないの。逆に、保護者として監禁したい感じなの？」

「ほらー、頭いい人がごちゃごちゃ考えるから、いろいろ言われた方が混乱しちゃってるじゃないですか」

口を挟んでくる井上も、おそらく多少酔いが回っているのだろう。敬史郎に水入りのグラスを乱暴に押しつけられて大人しく黙った。

「俺は、しろがいないと生きられないよ」

充哉は敬史郎をみつめたまま続ける。それで死ぬことはないだろうが、生きている実感が感じられなくなる気がするのだ。うんと子供の頃のように、自分以外の他人がいると認知できずに、ぼんやりと、ただゲームや本の世界に没頭《ぼっとう》するだけの暮らしに戻ってしまう。

「でも、それじゃ駄目だって教えようとしてたのは、敬史郎だろ。じゃあ俺は、どうしたらいいんだよ」

そう口にしたところで、限界が来た。飲み過ぎのせいでムカムカした胃に耐えられず、慌ててトイレに駆け込む。当然のように敬史郎がついてきて、便器に向けて飲んだ酒をそのまま戻す充哉の背中を摩《さす》ってくれた。

「ほら、水飲まないから。あと、ちゃんとつまみも胃に入れろよ、だから吐くんだ」

保護者が嫌ならこんなふうに面倒見るなよ——と言うこともできず、充哉はひたすら吐き続けた。

胃の中が空になる頃にはすっかり疲れ果て、敬史郎に支えられるまま、ぐったりと相手に凭《もた》れることしかできない。

「帰ろう、ミツ」

「うん……」

やけくそ気味に敬史郎に身を任せ、うとうとしていたら、気づいた時にはまた敬史郎のマンションの部屋に寝かされていた。

深く眠っていたようで、胃の中のものを全部吐いたせいもあってか、目が覚めた時は妙に頭がすっきりしていた。

「——水」

もぞもぞと身を起こした充哉に気づいて、敬史郎がすぐに水のボトルを手渡してくる。

充哉は大人しくそれを受け取って、水を口に含んだ。

まるでこの間とまったく同じ展開だ。

(何やってんだろうなあ、俺)

敬史郎に面倒を見てもらえるのが嬉しい。

こんなふうだから、敬史郎を好きだと言っても信じてもらえない。

情けなさが極まって、充哉は自分の立てた膝《ひざ》に顔を押しつけて、肩を震わせた。

「ミツ」

慰めるように背中を撫でられて、こんなに気持ちよくて嬉しいのに、それを否定しないと、敬史郎と一緒にいさせてもらえないのだろうか。

そう考えたら、今度は段々、腹が立ってきた。

「——絶対なんてないって、何?」

顔を膝に伏せたまま、充哉は声を絞《しぼ》り出す。

「そりゃ俺が最初にそう言ったんだけど。絶対しろにそばにいてほしいって、俺がしろから一番大事にされなきゃ嘘だって、本気で思ってるけど。それって駄目なの? 俺はしろにすごいキスされてびっくりしたけど、あんなの初めてだったから混乱しただけで、今はもっと全然したいって思うよ」

たしかに敬史郎の保護者然とした態度に苛立《いらだ》ちを感じながら、保護者でい続けてくれることを望んでいた事実は、充哉も認める。

でもそこに、それ以外の意味での執着がないとは自分で思えないし、敬史郎に思ってほしくもない。

「しろはまだ、全部を俺に言ってくれてはないだろ。何か言わないことがあるだろ、嘘ついてないけど、本当のことも言ってない」

ずっとモヤモヤしていたことが、勝手に言葉になって口から出てくる。

それで充哉は納得した。誰より敬史郎に大事にされているのはわかる。一番に考えてくれているのもわかる。

なのに肝心《かんじん》なところははぐらかされているようで、それが子供の頃からずっと、物足りなかった。

「保護者の立場をしろに望むなっていうならそうするよ、好きだからできるよ。ちゃんと仕事するし、自分で家事だってやるし、何でも努力する。しろがいるから、面倒臭いけど頑張れる。それじゃ駄目？　どうしてもしろと一旦離れたところで自立っていうのしないと駄目？」

「……」

敬史郎が、黙り込む。

充哉はまたはぐらかして何も言ってくれないのかと思ったら悔しくて、涙でびしょびしょになった顔を上げて、相手を睨《にら》もうとする。

けれどもその顔を見て、充哉はただ驚いた。敬史郎は言葉に詰まった様子で口を噤《つぐ》んでいるのだ。

今まで「言わなくていいことだから黙っていよう」とばかりに、苦笑いを浮かべたり、笑ってやり過ごす姿は嫌と言うほど見ていたが——こんなに困り果てた相手を見るのは、初めてだ。

「……しろ?」

「俺がずっとそばにいられるわけじゃないから、俺がいなくてもちゃんとやってけるようになってほしい」

これも初めて聞く、喉《のど》からどうにか絞り出したような声で、敬史郎が言う。

「何でそんなこと言うんだよ。何ですぐそういう、いなくなっちゃうこと前提みたいな」

「……絶対はないんだ、ミツ。今日と同じ日が明日必ずやってくるわけじゃない。それを、俺は思い知ってるから」

「——」

ようやく、思い出した。

それにまったく思い至らなかった自分を、充哉は世界で一番馬鹿だと思って、恥じた。

(そうだ。しろは、本当の父親も母親も、死んで)

ほんの小学生の頃なのだ。敬史郎と一緒に乗っていた車の事故で二人とも死んで、敬史郎だけが無傷で助かった。

居眠り運転のトラックが突っ込んできて潰《つぶ》れた運転席とその後部座席を、五体満足の敬史郎は、助手席でずっと見ながら救助を待っていたと、聞きたくもないのに近所の噂好きの人たちが充哉に教えてくれた。

可哀想だ可哀想だと言われ続ける敬史郎のために、充哉の両親は転勤を理由に引っ越しをして、敬史郎の事情を隠して、秋津の苗字を名乗らせたのだ。

「ミツがいなかったらまともに生きていけないのは俺の方だよ」

ベッドに座る充哉を見下ろして、ぽつりと、敬史郎が言う。

「目を怪我した時、一歩間違えばこうやって簡単に死ぬこともあるかもしれないって思った。俺はミツを甘やかして自分だけが面倒見てればいいって時々本気で思い詰めるけど、それじゃ駄目だってわかってるから」

充哉はベッドから飛びおりて、立ち尽くしている敬史郎に飛びつくように抱きついた。

「うわっ」

体当たりされるような恰好で敬史郎がバランスを崩し、転ばないようにあがいた末、充哉ごとベッドに倒れ込む。

「そういうの全部教えてくれないから、俺がしろにばっかり頼っちゃうんだよ。言ってくれよ」

充哉を庇《かば》ったせいで、敬史郎がその下敷きになっている。仰向《あおむ》けになった相手の体に覆《おお》い被《かぶ》さるようにして、充哉は敬史郎の顔を見下ろした。

初めて敬史郎の泣きそうな顔を見て、充哉は長年蟠《わだかま》っていたモヤモヤした心地の代わりに、体中から突き上げてくるような愛《いと》しさを感じる。

「俺みたいな面倒臭いのを好きになったせいで、いっぱい考えること増やしちゃって、悪いなって思うけど……」

もし自分が最初から人付き合いに長《た》けていて、何の心配もなく一人で生きていけるようなちゃんとした人間なら、敬史郎をこんなに困らせることはなかっただろうとは思う。それは、心から思う。

「でももう、諦めなよ。俺が頑張ったところでたかが知れてるし、しろに甘えるの好きだから甘えるのやめられないし」

「——さっき何でもやるって言ったぞ?」

「何でも努力するって言ったんだ。努力が報《むく》われるとも限らないだろ。絶対うまくできるって、俺じゃ天地がひっくり返ったって言えないけど……しろがいないと生きてけないのだけは本当だし、しろのことを好きなのも本当だから」

笑って言うつもりだったのに、それすらできなくて、充哉は自分を見上げる敬史郎の顔にぽたぽたと涙を落としてしまった。

「それが違うって言わないで。でも、普通に好きになれなくてごめん……」

これ以上敬史郎の顔を濡らすのが申し訳なくて、その肩口辺りに目許《めもと》を伏せようとしたが、先に敬史郎に頬を両手で挟まれて、引き寄せられた。

「でも、敬史郎を不安にさせないためにならば、頑張るよ。ちゃんと仕事して、ちゃんと人付き合いを……まあ、そこそこして。敬史郎がいなくなっても大丈夫なように、頑張る」

じっと自分をみつめる敬史郎を見返して、充哉は必死に考えながら、そう伝える。

「所詮《しょせん》俺だし、どうせ無駄な努力になるとは思うけど……、……本当に俺が一人でやってけるようになっても、敬史郎は、いなくなったりしない？」

言ううちに不安になってきて、充哉は泣きそうな声で呟いた。

そんな充哉を見上げて、敬史郎が、顔を綻《ほころ》ばせる。

はぐらかすような、どこか摑み所のない笑みではなく、心から自分を愛しいと思っているのが伝わるその表情を見て、充哉は余計に泣きそうになった。

（こんなふうに笑うんだ、敬史郎は）

――これが見られるのなら、無駄な努力であっても、やっぱり叶えるしかないのかもしれない。

「いなくなったりしない。これだけは絶対だって言える」

微笑《ほほえ》んだまま、敬史郎が答えた。

「……本当に？」

「不慮《ふりょ》の事故とか、他の要因で充哉の前から消えることは、絶対ないって言い切れないけど」

「……」

想像するだけで腹の奥に氷でも詰められたような心地になるし、多分敬史郎がいなくなったら確実に俺は後を追うだろうなと思いつつも、充哉は黙って頷いた。

「でも俺が俺の意志でミツの前からいなくなることだけは、絶対に、ありえないよ」

「すぐ俺のそばからいなくなろうとするくせに？」

「ミツの世界に俺だけじゃなくて、いろんな人がいる中で、俺のこと好きだって言えるようになってほしいんだ」

充哉にだけではなく、自分にも言い聞かせるような口調で、敬史郎が言う。

「それはできるだけ長く、できるだけ確実にミツと一緒にいるための布石《ふせき》になるから」

敬史郎は充哉を抱き寄せて自分に凭れさせながら、自分がどんな気持ちで充哉のそばにいたのかを、話して聞かせてくれた。

桑原のこととか、文芸部員の人のこととか、充哉にとっては意外なことばかりで、ただ相槌を打つことしかできなかったけれど。

「初めて会った時から、俺にとって一番大事なのはミツと、ミツが幸せに暮らしてけるってことだけだよ」

「……そっか」

ようやく、敬史郎のことが見えた気がする。

ずっとはぐらかされ続けていることが不満で不安だったけれど、言わなかったのではなく、言えなかったのだとやっとわかった。

(敬史郎だって怖かったんだ)

自分が充哉を置いていくことか、充哉に置いていかれることか、その両方か、考えるたびに不安だったのだろう。

充哉が妄信的に保護者である敬史郎を求めていたから、一人では生きていけないと知っていたから、まずそれをどうにかしなければと足掻《あが》いてくれていた。

(なのに俺は、弟じゃ嫌だとか言ってたし……)

兄弟じゃ嫌だと言いながら兄弟であることばかりを望んでいた充哉のせいで、敬史郎は自分の気持ちを伝えることもできずにいたのだ。

(せっかく好きになってくれてたのに。馬鹿じゃないか、俺)

自分ばかり苦しいと思っていたことを、充哉は悔やんだ。

そのせいで敬史郎だって自分みたいに焦《じ》れたり、悲しかったりしたのだろうと想像するだけで、胸が苦しい。

「ごめん。ずっと俺、全然、子供のままで」

敬史郎は、ミツが自分にくっついて抱きついたりするたびにいつも嬉しかったと言ってくれた。

だから充哉は今も力一杯敬史郎に張りついて、その体にしがみつく。

「でももう、しろが俺から離れてかないって、わかるよ。おまえがいなかったら、俺は『絶対』、幸せにとかなれないから」

充哉の幸せが敬史郎と一緒にいることだなんて、誰よりも敬史郎が一番知っているはずだ。それが大事だと言ってくれた敬史郎が、充哉にはどうしようもなく嬉しかった。

「……そうだな」

笑って頷く敬史郎の気配に、胸が一杯になる。今度は悲しいだけじゃない。もっと温かくて優しい気分なのに、その心が急激に溢れてくるのが、苦しい。

(腹立ったり、悲しい以外で泣けてくるのって、初めて知ったなあ)

充哉が相手の体に伏せていた顔を起こすと、敬史郎がじっと充哉の顔を見ていて、再び頬に両手を当ててくる。

充哉は敬史郎に促《うなが》されるまま、唇と唇を触れ合わせた。

「……ん」

敬史郎とキスをするのは初めてではないのに、やたら緊張したし——やたら心が昂揚《こうよう》した。

(こう……だっけ?)

ただ触れるだけでは足りない気がして、前に敬史郎にそうされたのを思い出しながら、充哉は唇を開いてぎこちなく舌を差し出す。

すぐに、敬史郎にその舌を吸われた。それだけでなぜか体が震えて充哉は驚いた。

「──嫌？」

嫌だろうとはちっとも思っていないような声音で、敬史郎が訊ねてくる。

「……嫌じゃないけど……敬史郎とこういうことしてるって考えると、何か……変に興奮……？　するような……？」

考え考え答える途中で、体の上下をひっくり返された。

「うわっ」

驚いたところに、今度は敬史郎が上から充哉の唇を塞《ふさ》いでくる。

「……ぅ……」

指で口を開かされ、中を舌に蹂躙《じゅうりん》される。

自分だって応《こた》えようと思うのに、充哉は一方的にされるままになってしまった。

「ッ、ん、……っ……」

敬史郎の舌の存在を生々しく感じながら口中を探られ、濡れた音を聞かされて、充哉は落ち着きなく足をもぞつかせる。何だかじっとしていられなかった。足だけではなく、背中とか──腰の辺りとかが、変に熱い。

そのうえシャツの裾《すそ》をたくし上げられ、中に手を差し入れられて、直接肌に触れられる感触に隠しようなく身震いしてしまう。

（さ、触られるのも、初めてでもないんだけどな……）

充哉が中学生に上がるまでは、一緒に風呂に入ることもよくあった。夏休みには近所のプールに行って、大きなウォータースライダーに敬史郎にくっついたまま滑《すべ》るのが好きだったのに。

敬史郎の手がひとしきり腹や腰を撫でたあと、次には腹の下へと滑った。

ズボンと下着越しに触れられ、充哉は自分の性器が固くなり始めていることに気づく。

「……よかった。ミツ、本当に興奮してる」

ほっとしたような、嬉しそうな敬史郎の声を聞いて、充哉は顔を赤くしながら目を閉じた。

「だから、キスとかももっとしたいって、言っただろ」

「いつも俺に襲いかかる時、動物が嚙みついてくる勢いだったから」

「だってやり方とか何もわからないから、勢いで押すしかなかったし」

ゲームや本は好きだが、官能系には一切手を出したことがない。充哉の性的な知識なんて、ときおり小説に数行出てくるようなささやかな濡れ場がせいぜいだ。

井上に敬史郎を押し倒せと言われたところで、実際押して倒した後に何をしたらいいのかなんて、わかっていなかった。

「……だから悪いけど、全部、しろに任せる……」

「全然、悪くない。イメトレの成果が発揮できるし」

「何それ」

敬史郎の言い種《ぐさ》に、充哉は小さく噴き出した。

「俺の方は具体的に色々想像してたんだよ、俺に触られたらミツがどういう反応で、どういう声出すかなとか」

「具体的に色々……」

「生身には敵《かな》わないなあとしみじみと」

イメトレとやらの成果なのか、敬史郎はてきぱきと手際よく充哉の服を脱がせてくる。

今さらながら肌を晒《さら》すことはやはりとてつもなく恥ずかしかったが、敬史郎に任せると言った手前、充哉は抵抗もせずにいた。

敬史郎の方はまだ服を着込んだままなのに気づいて、袖《そで》を引っ張る。

「し、しろも、脱いで。俺だけだと嫌なんだけど」

「ん」

一人だけ裸になるのは恥ずかしいと思っていたが、敬史郎が服を取り払っていく姿を見るのも、妙にそわそわした気分になってしまった。

(いや、だって、子供の頃は一緒に風呂入ってたとか着がえ平気で見てたって言ったたって……)

改めて、まじまじと裸を——特に股間のあたりをみつめられたら、恥ずかしく感じない方がどうかしているのではないだろうか。

「見過ぎ、じゃない、さすがに」

「見ていい権利をもらったものと」

「そ、そうか」

保護者としてではなく、好きな相手として触れ合うというのは、たしかにそういうものかもしれない。

「平気で人にくっついて寝られて、『でもしろは保護者面してるから手も出してくれないだろ』って言外に責められてた俺の積年《せきねん》の恨みを晴らす日が、とうとう」

「ごめん……あの、す、好きにしていいから、本当……」

身を縮めながら小声で言うと、敬史郎に笑われてしまった。

それが少し困ったような、照れ隠しだとわかる表情でなければ、笑われたことが辛かったかもしれない。

「うん、遠慮するつもりは毛頭《もうとう》ない」

敬史郎は本当に遠慮なく触れてきた。

唇が腫《は》れ上がるのではと心配になるほど何度もキスされて、耳許や首筋も丹念《たんねん》に唇や舌でなぞられたあと、胸の先まで弄《いじ》られた。

「あっ……、……や、何で、そこ……」

好きにしていいと言いつつ、そんなところを舐《な》められたり吸われたりするのも、それが気持ちいいのも予想外で、充哉は狼狽《ろうばい》する。

うろたえているのが伝わったらしく、敬史郎の触れ方が執拗《しつよう》になった。音を立てて吸われ、反対側を指で捏《こ》ねられ、触れられているのは胸なのに、なぜか背中や腹の奥の方がぞくぞくして、心許《こころもと》ない気分を味わう。

(何でこれで、勃《た》つんだ)

隠すものがない状態で、触れてもいないない性器がさらに膨《ふく》らみを増しているのなんて、敬史郎には丸わかりだろう。

「――ミツって、自分でする時、俺のこと考えた時ある?」

敬史郎が充哉の腰の辺りを撫でながら、そう訊ねてくる。充哉は限界まで赤くなった。

「わ……かんない、溜まったら抜く、って感じだったから……」

性的なものに大した興味がなくて、何となく落ち着かないと思ったら風呂で処理する程度だった。少なくとも最近までは。

(でも前にしろからキスされた後は、その時のこと思い出して……)

ただ処理する時より、なぜかやたら後ろめたくて、そしてやたら気持ちよかった。

「そっか。じゃあこれからする時は、俺のこと考えて」

「……ッ」

敬史郎の手が、やんわりと充哉の性器を包み込む。触れられるだけで、驚くくらい体が震えた。

「……ぁ……ッ」

優しい動きで性器を擦《こす》られる。最初撫でるような動きだったものが、充哉の固さが増すのを見て、握り込んで擦る動きに変わっていった。

「んっ、ぁ……ぁ……ッ、……く……」

勝手に声が漏れていく。義務的に自分で処理する時より、敬史郎のキスを思い出して昂《たか》ぶったものを落ち着かせるために後ろめたさを感じながらそうした時より、敬史郎に触れられている今が一番気持ちいい。

(全然違う)

胸を弄られ続けているせいもあるかもしれない。性器を擦る直接的な快楽に、乳首を嬲《なぶ》られてくすぐったいようなもどかしいような刺激が混ざり、充哉は他愛《たわい》なく呼吸を乱した。

「だめ、もう、出る」

いつもそれなりに集中しないとなかなか射精にまで到らないのに、これではあまりに呆気《あっけ》なすぎる。

「――うん」

でもとにかくいきたい、と思って声を上げた充哉から、敬史郎が手を離した。

「いかせてやりたいのは山々なんだけど。俺もこれ、限界だから」

「……」

おそるおそる、充哉は閉じていた目を開いて、敬史郎の方に視線を向けた。

敬史郎の体も、充哉と同じようにはっきりと昂ぶっているのがわかる。

それを見るだけで充哉の方までますます興奮してしまって、どうなってるんだと慌てて目を閉じる。

「謝った方がいいのかもな、俺は」

小さく笑う敬史郎の声が聞こえた。

「何が……?」

「ミツに好きって言われて、違うって言ったこと」

「……何でも、いいよ、もう。実際そういうとこあっただろうし……」

「でも今は、こんなになってくれてるし」

こんなにって何だ、と聞き返そうとして、充哉はやめた。そうした方がいい気がした。多分すごく恥ずかしいことを言われる予感がする。

「ミツは俺で勃つのかなって、不安だったんだよ、多少。でも全然心配なかった」

言われたくなくて黙ったのに、結局敬史郎から聞かされた言葉に、充哉は限界まで恥ずかしくなって、頭がクラクラしてきた。

「最後までするのは平気なのか、まだ心配だけど……」

目を瞑《つむ》っている間に、敬史郎が一度ベッドから離れた気配がする。

何をしているんだろうと思いつつ、自分の痴態《ちたい》を視界にいれることに抵抗があって、充哉はしばらく目を瞑り続けた。

さほど時間をかけず、敬史郎がまた戻ってくる。

「嫌だったり痛かったり気持ち悪かったら、今日はやめるから」

「な、何が……？」

堪《たま》らず目を開けてしまったことを、充哉はすぐに後悔した。

敬史郎に腰を持ち上げられ、足を大きく開かされたせいで、結局すっかり勃ち上がった自分の性器を目の当《ま》たりにさせられてしまった。

「ここ、な」

その上、あらぬ場所を指で触られた。

「俺の、挿《い》れるから」

「し、しろの、何を……？」

思わず問い返してしまったが、敬史郎は充哉に何も答えない。

敬史郎は嘘はつかないが、都合の悪そうなことは黙ってはぐらかす癖がある。

それが何だか不安で、ちょっと待ってと言うより先に、敬史郎の指が充哉の中に入り込んで来た。

「……ッ……!?」

敬史郎の指は何らかのもので濡らされていた。

「キツい？」

「わ、わかんない、何か変な感じ……はする……」

そうか、そこを使うのかと、充哉はようやく納得した。男女間の性行為は授業の断面図で朧気に把握していたが、男同士の場合はそこなのだと。

（でもそんなとこ、気持ちいいもんか……？）

その疑問は、さして時間をかけずに解決した。

敬史郎は丁寧に、優しい動きで、充哉の中に触れている。

「……っ、……あ……!?」

そのうち触れられるだけで変に体が痺《しび》れるようなところに当たって、自分でもぎょっとするような声が充哉の口から漏れた。

充哉の反応を見た敬史郎は、そこを重点的に責めてくる。ときおり性器も撫でられると、これも自分で信じられないほど、その先端からだらだらと先走りが溢れて止まらない。

「あ……っ……ぁあッ、……ん……」

もう言葉にならない声しか出せず、敬史郎の指が動くたび、充哉は薄い腹を波立たせた。中から性器の方を刺激されると、直接触れられる時とは違う快感が湧き出てきて、苦しくなる。

いつの間にか敬史郎の指は二本に増やされ、それだけで充哉の中はきつく満たされているのに、それでも何か物足りない気がしてきてしまう。

「しろ……」

どうしていいのかわからず、充哉は敬史郎の名前を呼んだ。勝手にぽろぽろ涙が出てくるから、きっとひどい顔をしていただろうと思うのに、自分を見返す敬史郎の目が熱っぽく潤《うる》んでいて、充哉はそれに目を奪われ、そして身震いした。

敬史郎が、自分に触れて、その姿を眺めて、気持ちも体も昂ぶらせているということが、はっきり伝わってくる。

「悪い、もっとゆっくり時間かけた方がいいのかもしれないけど——本当に、限界」

困ったように笑う敬史郎の表情からも、充哉は目が離せない。

みとれているうち、敬史郎に両脚を抱《かか》えられた。

ここまでくれば次にどうなるのかくらい充哉にもわかって、少し、緊張する。

「力抜いてな——」

さっきまで指で満たされていたところに、今度はもっと、太いものが宛《あて》がわれる。

「や……無理、しろ、無理だよ」

充哉は怖《お》じ気づくが、敬史郎はゆっくりと中に入り込んで来た。

「……ッ……」

無理矢理押し開かれる感触に、息が詰まる。

さんざん濡らされたからか、痛くはないが——腹の奥を押し潰されるようで、苦しい。

「う……、……ん……」

なのに指で刺激されていた辺りに敬史郎のものが当たると、その辺りからぞくぞくと熱い快楽のようなものが湧き出てきて、充哉はまた狼狽した。

敬史郎は浅いところに留《とど》まって、充哉が反応する場所を丁寧に、執拗《しつよう》に中から刺激してくる。そのうえ勃ち上がりっぱなしの性器に触れられ、充哉は声もなく背中を仰《の》け反《ぞ》らせた。

(何だ、これ)

はっきりと気持ちいいと言えないのに、体ばかりが反応している。どっと汗が出てきた。腹が蠕動《ぜんどう》して、敬史郎を締めつけている感じがする。

「……ミツ、中、すげぇ……気持ちいい……」

耐えがたい、というような敬史郎の声で、さらに震えが湧いてくる。

涙目で視界を凝《こ》らすと、ゆるく腰を使う敬史郎の動きがあまりにいやらしくて、眩暈《めまい》がした。

(こんな……気持ちよくて、胸が一杯になるなら、別に絶対とか明日とかなくても、いいよ)

体だけではなく胸の中まで満たしてくる感覚を味わいながら、充哉は言葉にせず思う。

「……しろ、好き……好きだから、信じて……」

代わりに口から零れたのは、そんな泣き声の懇願《こんがん》だった。

「うん——わかる。わかってる」

上から敬史郎が覆い被さってきて、ぎゅっと体を抱き締められた。

体重をかけられて、苦しくて、心地いい。

敬史郎の動きが少し大きくなる。何度も体を押しつけられ、自分の中を行き来する相手の熱を感じながら、充哉はその背中に必死にしがみつく。

敬史郎の腹で昂ぶりを擦られて、体の底からさらに快楽が迫《せ》り上がってくる。

「あ……ッ……、……」

息を詰め、身を震わせて、充哉は声を殺しながら達した。

その間も何度か体の中を固いものが行き来して、少しすると、敬史郎も充哉の中で達したようだった。

「……、……しろ」

名前を呼んだだけだし、特にそうして欲しいと具体的にねだったわけでもないのに、敬史郎がそっとキスしてくれた時、充哉はそれを自分が熱望していたことに気づいた。

繋がったまま、深い接吻《くちづ》けを交わす。

全身が満たされ過ぎていて、悲しくもないのに涙が出てくる。

敬史郎が最後にそんな充哉の目許に触れた。

「……これで離れて住むの、馬鹿みたいだな、俺たち」

妙にしみじみした敬史郎の感想に、充哉は「それ見ろ」と言うつもりだったのに、言葉が詰

まって何も言えず、ただ黙って、笑って、泣きながら頷いた。

◇◇◇

「あれ、伊住先輩来ないんですか」

飲み会に顔を出すと井上もいて、一人でやってきた充哉を見るとそう声をかけてきた。

「遅れて来るっぽい。――あ、中村《なかむら》さん、どうも」

数ヵ月に一度の飲み会、幹事に軽く挨拶する充哉を見て、井上が感動したような面持《おもも》ちになった。

「何その顔、キモ……」

「いや一年前のことを思うと、成長したなと……誰とも目ェ合わせなかったじゃないですか、秋津さん」

「慣れればどうにかなるんだよ、そこそこ」

慣れるよう努力した結果だが、井上に褒《ほ》められるとなぜかムカつく。

「あ、そうだ秋津さん、今度中村さんとこでシナリオやるんでしょ、詳しく聞かせて下さいよ」

「部外者に何を詳しく話せっていうんだよ」

「何の話してるんですか、私も混ぜて！」

井上と話しながら酒を飲んでいたら、こちらもすでに顔なじみになった声優の女性が現れ、充哉の隣に座ろうとした。

「っと、ごめんね」

しかしその肩を摑んで、井上の隣へと押し遣《や》る男も現れた。敬史郎だ。

「しろ。早かったじゃん」

「そりゃあもう、ミツに悪い虫がつかないように急いで」

「私のこと虫扱いとかひどくないですか、たしかに秋津さん狙いですけど」

芝居がかって膨《ふく》れる女性に、敬史郎が笑って首を振り、井上を指さした。

「悪い虫はあっち」

「俺かよ。何でですか」

「俺よりミツと飲む回数多くてムカつくんだよ、おまえ」

「一緒に暮らしといて何言ってるんですか、家で飲ませりゃいいでしょ」

「やだよ、ミツ酔っ払うと面倒臭いから。おまえ今日こそあんまり飲ませるなよ、世話するの誰だと思ってるんだよ」

「世話するの嬉しいくせに……」

二人の会話を聞こえないふりで、充哉はそっとコーラを口に運ぶ。

「秋津さんの彼氏、重くておもしろいですよね」

向かいに座った女性がこっそりそう言って笑ってくれるのが幸いなような、気恥ずかしいような、だ。

まだ不安定ではあるがシナリオの仕事がそれなりに来るようになり、その報酬《ほうしゅう》を貯めて充哉が実家を出てから、二ヵ月ほど。

敬史郎も元のマンションを引き払い、二人で一緒に暮らしている。

表向きにはいっそ離婚して苗字の変わった兄弟ということにでもすれば面倒がない気がしたのだが、敬史郎は「別に本当のこと言えばいいだろ」ととても気軽に、充哉とは『同棲』中と周りに説明している。

充哉も特に誰から何を言われても気にしないし（さっきのように照れ臭い時はあるが）、何より充哉を恋人だと言う時の敬史郎が嬉しそうなので、何ら文句はない。

人脈作りは仕事の一環と割り切ってみれば、定期的な飲み会も悪いものではなかった。ほとんどのメンバーがゲームなり何なりの好きが高《こう》じて仕事にしているタイプだから、学校にいた頃よりは多少居心地がいいという理由もある。

最初の頃、こういう場でさぞかし自分は浮いていただろうと思っていたが、たとえば声優の彼女と話をしてみれば、「秋津さんめちゃ早口のオタクでおもしろいですよ」と実は好意的に受け止められていたので、気後《きおく》れせずにすんだのかもしれない。

井上という、充哉にとっては人生初の友人がしょっちゅう顔を出しているというのも大きかったが。

「しろ、そろそろ井上弄《いじ》りやめてこっち構って」

しかしその井上ばかりが敬史郎を独り占めして話をしてるのは、ムカつく。

「ああ、悪い、ついおもしろくて」

「……また当て馬にされた……家でやれ……」

「社会性と情緒を培《つちか》う努力をさせろよ、俺に」

その辺りを、充哉は諦めずに行くことにしている。敬史郎がいなければ生きていけないのは多分一生変わりがないが、それで敬史郎が少しは安心できるのなら——その方がより愁《うれ》いなく甘やかしてもらえるのなら、努力は惜《お》しまないつもりだった。

「はいこれ、ほどほどにな」

敬史郎が充哉の分のビールを注《つ》いで手渡してくれる。「結局自分が飲ませるんじゃないすか」という井上の言葉は黙殺《もくさつ》された。

たとえ酔《よ》い潰れたところで帰る家は一緒だしと、充哉は前よりも気兼ねなく、気持ちよくビールを口にする。

（井上の言うとおり、結局俺の世話するの、しろは嬉しいんだし）

という辺りは一応、内心に留めておくが。

「まあいいや、伊住さん来たから改めて、かんぱーい」

こんなふうに人の中で楽しく酒を飲めるような日が自分に来るとはなあ、と妙に感慨《かんがい》深く思った充哉と同じことを考えていたようで、敬史郎が笑って充哉を見ていた。

充哉もそれに笑い返しながら、敬史郎とグラスを合わせた。

二人の世界の向こう側

futarino sekaino mukougawa

1

体の奥、深いところで敬史郎《けいしろう》を感じるのが、辛《つら》いのか、気持ちいいのか、正直言って未だによくわからない。

「んっ……ぁ、あっ」

なのに唇から漏れ出る声は甘ったるくて、自分で聞いていても恥ずかしいくらい気持ちよさそうな響きだ。

「奥、やだ、しろ……っ」

優しく、でも容赦《ようしゃ》なく、繰り返し体の奥を敬史郎の熱で突かれる。ベッドに横向きに寝かされ、片脚を抱え上げられて、枕に額《ひたい》を押しつけながら必死に首を振る。激しい動きではなかったが、敬史郎が動くたびに体の奥底から勝手に気持ちいいのが湧いてきて、そのやり過ごし方がちっともわからない。

「嫌?」

問いかける敬史郎の声は、充哉《みつや》の訴えを全然信じていないような調子だった。ムカつく。

「やだっ、もう、さっきもイった……!」

「じゃあ少し、休むか」

そう言って敬史郎は動きを止めてくれたけれど、充哉はちっとも安堵《あんど》できなかった。中に、敬史郎が入ったままだ。

かといって抜いてほしいわけでもない。敬史郎とくっついているのは気持ちいい。気持ちよすぎるのは始末に負えないが――今不満があるとすれば、枕に縋《すが》るばかりで、敬史郎と抱き合えないことだ。

だから充哉は身動《みじろ》いで、敬史郎の方に腕を伸ばした。敬史郎はすぐに意図を察したようで、片方だけ抱えていた充哉の脚を下ろし、横向きになっていた体を仰向《あおむ》けに直してから、そっと覆《おお》い被《かぶ》さってくる。充哉が敬史郎の背中に両腕を回すと、敬史郎もぎゅっと抱き返してくれる。

「こっちは、体力ないんだからな……」

責めるように言ってみた充哉の台詞《セリフ》は、どうも、自分でも情けない。

「でも前より気持ちよくなれてるだろ、ミツ」

「……わかんないよ、そんなの」

答えながらも、充哉は敬史郎が入りっぱなしのところにばかり意識が向いて、落ち着かない。敬史郎はもう動いていないのに、変に疼《うず》く。力を入れようと思っているわけではないのに、腰や腹の辺りが勝手に小さく震えて、内側はまるで敬史郎を締めつけるようにきゅうきゅうと蠕《ぜん》動《どう》している気がする。

「んっ……」

固くなったままの敬史郎の先端が、体の奥に当たりっぱなしなのがよくないのかもしれない。そう思って、身動いだのが馬鹿だった。

「あっ、ぁ……」

余計に体が震えて、ますます敬史郎を締めつけてしまった。

敬史郎が眉間《みけん》に皺《しわ》を寄せて、充哉を見下ろしてくる。

「ん……動きたい？」

「ち、ちがう」

充哉は狼狽《ろうばい》して首を振るのに、敬史郎がゆっくりとまた動き始めている。

「ちがう、ってば……」

「うん、でも――ミツの中、すごい、してほしそう」

また奥を、ゆっくり突かれる。大きく抜き差しはせず、深いところに留まったまま何度もそこを刺激されて、充哉は息を詰めた。ビクビクと内腿《うちもも》から爪先《つまさき》まで痙攣《けいれん》する。無意識に敬史郎の背中に強く指を立ててしまうけれど、何の文句も言われなかった。

ぎゅっと目を瞑《つむ》り、変な声が漏れないよう唇を引き結ぼうとしているのに、まったく無駄な抵抗だ。後から後から上擦《うわず》った声が溢れて止まらない。

「気持ちいい？」

聞かなくてもわかるだろうことを、わざわざ耳許《みみもと》で訊ねてくる敬史郎に、やっぱりムカつく。

「きっ、きもちよくて、やだっ……ぁ……ッ」

詰《なじ》ってやったつもりなのに、なぜか、敬史郎の動きに熱が籠もった。今度は両脚を抱え込まれ、さっきよりも速い動きで中を穿《うが》たれる。体を芯から揺さぶられ、強くなる快感に目が眩《くら》みそうだ。

「かわいい、ミツ」

汗だくで、息は乱れて、顔も歪《ゆが》んでぐちゃぐちゃだろうに、充哉を見下ろして言う敬史郎の声は優しいし甘い。そのせいで、充哉までトロッとした気分になって、何も考えられなくなってくる。

「だめ……だめ、きもちいい、だめ、やだ……っ」

何が駄目で何が嫌なのか自分でもわけがわからないまま、敬史郎に与えられる快楽に翻弄《ほんろう》されて、甘えるような泣き声を漏らし続けた。

◇◇◇

「ミツ、朝」

指で頬をつつかれて、充哉はぎゅっと眉根を寄せた。まだ眠いし怠《だる》い。全然起きたい体調でも気分でもない。

「そろそろ起きな、もう九時過ぎだぞ」

なのに指はしつこく頬をつつき、瞼《まぶた》を撫で、鼻を摘《つ》まんでくるので、さすがに無視できずに嫌々ながらに目を開く。

「……日曜じゃん……」

すると視界に入るのは、白いシャツに薄い色のパンツを着込んだ朝から何とも爽《さわ》やかで、すっきりした、敬史郎の姿。

「今日出かけるって約束したろ。ほら起きて、シャワー浴びて」

こっちは素《す》っ裸《ぱだか》に毛布を被っただけの恰好だというのに、そのすっきりというかきっちりというかこざっぱりした敬史郎の様子に、充哉はものすごくムッとする。

「誰のせいでこんなふうになってると思ってるんだよ……」

だが責めるにも少々情けない台詞な気がして、充哉の声はもごもごと口の中で不明瞭《ふめいりょう》なものになってしまう。

ゆうべも、した。

とてもした。たくさんした。何をってもちろんセックスだ。

敬史郎と、兄弟（のようなもの）ではなく、恋人同士として暮らし始めてから早三ヵ月。

もともと敬史郎が一人暮らしをしていた部屋では手狭《てぜま》だったので、それぞれの個室に共同空間であるリビングやダイニングキッチンの他、サービスルームのついたなかなかいい家に引っ越した――が、充哉が自分の個室で寝たことは、同棲開始以来ほぼない。自室にはちゃんとベッドも置いてあるのに、シナリオ執筆の仕事や打ち合わせの通話をするだけの作業部屋に成り果てている。

いいものは充哉に譲《ゆず》る癖のある敬史郎が、広い方の部屋を自分の個室にしたいと言い出した時は少し意外だったが、そこに運ばれたのがダブルベッドだったことで、充哉は「なるほど」と思った。在宅業の充哉と違って敬史郎は会社勤めだし、寝る時以外はほとんどリビングで過ごしている。結局個室ふたつというよりは、充哉の仕事部屋と寝室という区分になってしまった。

で、その寝室で、充哉は毎晩敬史郎と眠っている。

敬史郎と一緒に寝るのは嫌いではない、というより子供の頃から好きで、むしろ敬史郎べったりなことを両親に心配されるくらいだったから、くっついて眠れること自体は嬉しい。

しかしゆうべのように、ただ寄り添って寝る以上のことを、頻繁《ひんぱん》にする。

平日は敬史郎の仕事があるからそれほど激しくないし、キスやちょっと触るくらいで終わる夜もある――が、週末になれば、長々と、延々と、泣いて泣いて声がカラカラになるまで敬史郎にいいように弄《もてあそ》ばれてしまう。

（……合意の上なんだから、弄ばれてるっていうのは、違うかもしれないけどさあ……）

敬史郎とそういう意味で寝るのも、充哉は嫌いではない。というよりもむしろ好きだ。気持ちぃいし、何より敬史郎とくっついていられるのが嬉しい。

しかしもう何度も体を重ねたというのに、いつも途中から自分が何をされてどうなってどんな顔をしてどんな声を出しているのかわからなくなることに、全然慣れなかった。敬史郎は充哉を気遣う様子を見せながらも、「もうやだ」「無理」「もうイきたくない」という訴えは全部無視してことを進める。

（「ごめん」って言えば何でも許されると思ってるんじゃないだろうな）

運動とは無縁で生きる引きこもりの充哉には、とにかく体力面が辛い。昨日も結局途中から記憶がない。多分気絶するように眠ってしまったのだ。なのに体にべたついたところが一切ないのは、敬史郎があちこち綺麗にしてくれたからだろう。まあ当然だ、好き勝手したなら、後始末くらいいちゃんとやってくれないと困る。

「みーつ」

ぶつくさとそんなことを呟いているうちに、いつの間にかまたうとうとしかけてしまった。

ぺちぺちと敬史郎に頬を優しく叩かれて、充哉は閉じてしまった瞼を再び開いた。

「モーニングに行くって言ってたのに、ランチタイムになっちゃうだろ」

そういえば昨日、「明日は近所のホテルのモーニングを食べに行こう」という約束をした気がする。

「……家でいい、家でしろの作ったメシ喰う……」

しかしホテルは近所と言っても、徒歩十五分以上はあるのだ。正直面倒臭い。

「何も用意してないよ、昨日で食材も使い切っちゃったし」

「じゃあいい、水飲む……」

「駄目だ、ちゃんと起きてメシ喰って陽《ひ》を浴びて歩く」

俯《うつぶ》せで枕を抱き締め、うだうだとベッドに居残っていた充哉の体を、敬史郎が背中から抱くようにして力尽《ず》くで起こした。

だから誰のせいで動くのが億劫《おっくう》なほど疲れてると思ってるんだ、と言ってやろうと後ろに首を巡らせる途中、開きかけの唇を敬史郎の唇でちょんと塞《ふさ》がれて、充哉は結局黙った。

「先週、ほとんど外に出なかっただろ。せめて休日くらいはちゃんと食べてちゃんと体動かせ」

キスで黙らせておいて、敬史郎はさらに充哉の体をベッドの上に起こして、座らせた。

「ミツみたいな仕事してて、若い頃はいいけど三十代四十代になって突然死するクリエイターが一杯いるんだ。人間いつ何があるかわからないって言ったって、努力で賄《まかな》える分は努力して長生きしてもらわないと困る」

よりによって敬史郎に――両親を不慮《ふりょ》の事故で突然亡くした彼にそう言われると、充哉はまた迂闊《うかつ》に何も言い返せなくなる。

「歩くのも億劫なら、風呂場までお姫さまだっこで運んでいってやろうか?」

それでもぐずぐずと動かずにいたら、冗談めかした口調で敬史郎が言うので、充哉は何だかまたムッとして、相手の方に両腕を伸ばした。運べるものなら運んでみやがれ、だ。

敬史郎は「やってみろ」と言わんばかりの充哉の様子を見ると、怯《ひる》むどころかちょっと嬉しそうに笑った。充哉はそのまま、敬史郎に軽々抱き上げられてしまう。

「うわっ」

「軽いなあ、ミツは。もうちょっと栄養のあるものを与えないと」

「充分いいもの食べさせてもらってる気がするんだけど」

敬史郎の首に両腕で抱きついて摑まりながら、充哉は答える。

充哉の方が家にいる時間は長いが、家事、特に料理担当は百パーセント敬史郎だ。元々器用で忠実《まめ》なうえ、充哉の世話が好きだから、何の苦もないらしい。

「俺も多少は何か作れるようになりたい……」

敬史郎がいなくても一人で生きられるように努力する、と以前誓った言葉は嘘ではないのだが、自分でもわかっていたとおり、充哉はとにかく家事全般に不向きだ。料理をしようとしても、何から手をつけたらいいのかすらわからない。米くらいは炊《た》けるようになったが、果たしてそれを威張《いば》っていいものなのか。

「ミツは洗濯してくれるだろ。かなり助かってる」

「洗濯はまあ……乾かすところまで洗濯機がやってくれるし……」

元々敬史郎の持っていたのが乾燥機付き洗濯機なので、洗濯物を入れてスイッチを押せば、洗剤の量すら機械の方で決めてくれる。あとは乾いた洗濯物を畳《たた》んでしまうだけだから、それくらいなら充哉にもできた。さらに敬史郎の一人暮らし時代の名残《なごり》で、食器洗い機やロボット掃除機など、家事の時間短縮に必要な家電がひととおり揃っているおかげで、充哉に家事の能力が欠けているところで同棲生活にさしたる問題はなかった。

「ミツは元気で生きて仕事してくれればいいんだよ」

「でも俺には自立しろ自立しろって言ってたのに」

「その『元気で仕事ができる』状態に持っていくのが、大変だろ、ミツの場合」

たしかに、毎日規則正しく寝起きして、食事をして、適度な運動をして——ということ自体が、フリーランスの充哉にとってはハードルが高い。職種というより、性格の問題かもしれないが。

「家事を何でも完璧にこなせるようにって意味じゃなくて、『どうせ俺には何もできない』って放り投げるんじゃなくて、機械に頼ったり人に頼ったりして最低限の人類らしい生活を成り立たせられるようにしてほしいってこと。仕事の方は、もう心配してないしさ」

敬史郎が紹介してくれた中村《なかむら》や他の人脈のおかげで、今のところ充哉の元には順調に仕事が舞い込み続けている。売り上げが常に上位にあるスマホＲＰＧのシナリオにも携《たずさ》われそうだし、新規立ち上げのゲームにも誘われているし、当分は食いっぱぐれる心配はなさそうだ。

脱衣所に着き、敬史郎は充哉を床に下ろそうとするが、充哉は首にしがみついたまま離さなかった。

「ん?」

そんな充哉の背を、敬史郎が抱き返してくる。

「一緒に入るか?」

「んー……」

それでゆうべの続きに雪崩《なだ》れ込めば、着がえて外に出て散歩がてら食事などという、面倒なことは避けられるのではという打算が、充哉の頭の片隅にチラつく。何とか挿入はさけてお互い触りっこくらいですませられれば、気持ちいいだけだし――。

そんな充哉の打算を読んだように、敬史郎が笑った。

「俺はいいけど。でもモーニングに間に合わないとしても、ランチには間に合うから絶対外には連れ出すからな?」

「……」

そんなの疲れるだけだ。充哉は諦めて、しぶしぶと敬史郎から腕を放した。

「さっさとシャワー浴びてくる」

不貞腐《ふてくさ》れて尖らせた充哉の唇に、機嫌を取るような敬史郎のキスが下りてくる。

「そうしな」

敬史郎が兄というか、保護者的立場であることは、結局今でも変わらない。

（まあ、一生変わらないんだろうな）

それでも長年、兄でしかない敬史郎の態度にやきもきさせられていた充哉にすれば、兄かつ恋人である相手を手に入れられたことは、充分すぎるほど満足のいく状況ではあるのだった。

◇◇◇

どうにかシャワーを終えて身支度を調え、充哉は敬史郎と一緒にマンションを出た。

体は怠かったが、外はちょうどよく曇《くも》っていて、風も生温《なまぬる》く充哉好みの天気と気温で、そんな中を敬史郎と並んでのんびり歩くのは悪くなかった。

「そうだ充哉、来月辺り、週末にまとまった時間取れるか？　ちょっと泊まりで行ってみたい場所があって」

家にいるのが好きな充哉と違い、敬史郎はどちらかと言えばアウトドア志向だ。できるかぎり出かけたくはないが、充哉にとって一番なのは『敬史郎がいる場所』なので、面倒だなと思いつつも頷く。

「いいけど。パソコン持ってくし、ちょくちょく作業はするだろうけど」

「食事が評判の宿があってさ、近くにいい感じの滝もあるらしくて」

ということは山方面か。敬史郎は山だの川だの滝だのが好きらしく、そこに充哉を連れて行けば運動にもなるし、うまいものを食べさせれば栄養がつくだろうという計算もあるのだろう、こうしてたびたび誘ってくる。

「夏になったら海も行こうな、潜《もぐ》りたいところがまだいろいろあるんだ」

「俺はスキューバとか絶対やらないからな」

そして敬史郎の最大の趣味はスキューバダイビングやウェイクボードなどのウォータースポーツだ。充哉にはまったく理解が及ばない。

「大丈夫、その間は充哉がごろごろ過ごせそうな施設もピックアップしておくから」

「……別に拗《す》ねたりしてもいちいち口には出さないし、そういう旅行なら同じ趣味の人誘っていけばいいのに」

最近の充哉は、敬史郎と恋人同士になり、同棲までしているから、割合寛容なのだ。敬史郎が他人と一緒に出かけようが、文句があっても呑《の》み込むくらい大人になったつもりだ。

「でも俺が、充哉といるのが一番嬉しいからな」

まあこういう敬史郎の言葉が聞きたくて、言ってみているだけかもしれないが。

「そういえば来月は、中村さんの飲みもあるんだっけ。ミツ、行くか？」

思い出したように敬史郎が言った。主にゲーム関連のクリエイターが集まる飲み会は、数ヵ月に一度のペースで開催されていた。

「仕事終わってれば、一応」

「そっか」

頷いた充哉に、敬史郎は嬉しげに笑っている。

「何」

「ミツがちゃんと人付き合いしてるのが嬉しいだけ。紹介してよかったなと思って」

「……まあ……感謝、してるけど。まともに仕事回ってくるようになったし」

最初に集まりに連れ出してくれたのは敬史郎だ。自分が大勢の集まる飲み会に何度も足を運ぶようになるなんて、充哉にとっては我ながら不思議だった。

「あの人たちはそこそこ話通じる感じがして、話してて楽しいし」

学生時代は、敬史郎以外の誰かと話をするのも億劫だった。まず興味がわかない上に、相手が自分にはよくわからない反応をしたり、よくわからない言葉を向けてきたりするのが苦痛でしかなかったのだ。変に遠巻きにされたり、クスクス笑われたり、睨まれたり、そのうちどれも充哉には理由がわからなかった。

「ミツの仕事知ってたら、見た目とか態度より、そっちで判断してくれるしな。みんな大人だから」

答える敬史郎の声音には、微《かす》かな苦笑が混じっている。

「どういう意味？」

「その顔からはちょっと想像つかないレベルのインドア極まるゲームオタク……って言葉でま

とめるほど単純じゃないけど、ミツがそういう奴だっていうのをパッと見では理解できない人が多かったってこと、子供の頃は。ミツはミツでわかってもらおうともしてなかったし」

「今も特に、わかってもらおうとはしてない気がするけど……」

「こういうシナリオを書いてますとか、こういうゲームや本が好きですっていうのは、充分な自己紹介なんだよ。だからそれを知らずにいた学生時代の奴らの程度が低いとか、そういう話じゃないぞ。単に、ミツが自分を知ってもらおうとするのをサボってただけ」

そんなふうに言われると、まるで自分が極悪人だと指摘されているようで、充哉は少々おもしろくない。

が、そう口に出せないのは、急に桑原《くわばら》のことを思い出したからだ。高校時代、充哉のことが好きだったという同級生。充哉はそれに気づきもしなかった。それに苛立った桑原の行動の結果、敬史郎は左目の視力をほとんど失ってしまったのだ。

(俺のせい、って思うのは、やっぱり違うんだろうけど)

でももっとうまく立ち回れていたら、敬史郎がそんな目に遭うことはなかったのかもしれないと、どうしても考えてしまいはする。

「まあ周りのヤツらもさ。子供だったから、ミツの見た目のとんでもない綺麗さとか賢さとかで萎縮《いしゅく》して、勝手に『自分たちを見下してる』って思い込んでたところもあっただろうし。ミツばっかりが悪いわけじゃなかったと思ってるよ、俺は」

黙り込む充哉の内心を読んだかのように、敬史郎が言う。

「中村さんなんかは、自分も好きなゲーム作ってる人だっていう前提があるから、ミツも興味が持てただろ。学生時代はうまくできなかったとしても、今ちゃんとやれてるんだから、充分だよ」

「そういうもんかな」

「そういうもんだよ」

敬史郎さえいれば、他に人付き合いなんて必要ないと思っていた。

だがクリエイター同士の繋がりができたおかげで、どうにか暮らしていけるくらいの仕事にありつけているのだから、生きていく上では必要なことだったのかもしれない。

昔はいろいろと上手くできず、かといって改善しようなどという発想もなかったが、最近は煩《わずら》わしい思いをすることもなく自然と人と折り合いをつけられている気がする。

(しろはずっと、俺がこういう感じになってほしいって思ってたみたいだし)

だとしたら、きっと今は、敬史郎にとっても自分にとってもいい状況なのだろう。

そんなことを話しながら歩いているうちに、目的のホテルが見えてきた。モーニングメニューを提供しているという、ホテル併設《へいせつ》のカフェレストランの入口に向かおうとした時、

「あのぅ、もしかして、イズミさんですか?」

遠慮がちな女性の声が聞こえて、充哉は敬史郎と揃って振り返った。

「はい?」

敬史郎が応《こた》えると、二十代半《なか》ばくらいに見える女性の二人組が、「キャー!」と控え目に悲鳴を上げている。

「そうなんですね。どうもありがとうございます」

「やっぱり、イズミケイシロウさんですよね。あのっ、動画いつも見てます!」

はしゃぐ女性たちに、敬史郎は愛想よく笑顔を向けた。

「あのっ、サインとかもらっていいですか」

「すみません、普通の会社員なので、サインはないんですよ」

「あ、なるほどー!」

盛り上がっている女性、それに対応する敬史郎から、充哉はそっと距離を置いた。

(またか)

最近、敬史郎と一緒に出かけると、ちょくちょくこんな場面に遭遇する。

敬史郎は本人の言うとおり、大手コンピューターテクノロジー企業に勤めているだけの普通の会社員なのだが、広報部の仕事で宣伝用チャンネルの動画に顔と名前を出していた。先月ローンチした新商品の宣伝動画がまたSNSでバズり、ネットニュースにも取り上げられて取材まで受けたものだから、『イズミケイシロウ』はさらに有名になってしまったらしい。

(大体、何だよ『イズミケイシロウ』って。芸能人でもないのに芸名みたいな)

芸能人とまではいかないだろうが、有名配信者扱いだ。敬史郎自身はあくまで「一会社員」の立場を貫《つらぬ》こうとしているが、一会社員だからこそ、今みたいに声をかけてくる人たちを邪険《じゃけん》にはできず、いちいち相手をしなくてはならないようだった。

(俺のしろなのに)

つい先刻、人と折り合いがつけられるようになったかもしれないと思ったばかりのはずが、充哉はどうしても不機嫌になるのを止められない。

昔から敬史郎はいつだって人に囲まれていて、そんな様子を見るたび、苛立って、焦《あせ》って、おもしろくない気分を味わわされる。

「ごめん、ミツ」

ようやく女性たちが立ち去り、敬史郎が充哉のそばに戻ってきた。充哉は仏頂面《ぶっちょうづら》で敬史郎から顔を逸《そ》らした。

「あんなの、他人のフリして無視すればいいのに」

「最初に名前呼ばれて反応しちゃったからなあ」

不機嫌な充哉に、敬史郎はただ笑っている。

「あとはちゃんと他人のフリするよ。ごめんな」

不貞腐れる充哉の手を敬史郎が取って、ホテルの方へと軽く引っ張った。

「ほら、行こう。モーニングの時間が終わりそうだ」

「しろのせいじゃん」

「悪かったって」

笑ったまま謝ったかと思ったら、敬史郎が充哉の頭に顔を寄せた。

「お詫《わ》びに、朝食食べたらそのまま上の部屋取ってゴロゴロしようか？」

耳許で囁かれ、充哉は小さく首を竦《すく》めた。吐息がかかってこそばゆい上、低くていい声すぎる。しかもわざわざ声を潜《ひそ》めて言うのだから、ただホテルの部屋でのんびり過ごそうというお誘いではないことくらい、充哉にもわかった。

「何でわざわざ近所のホテルに金出して入らないといけないんだよ、ゴロゴロするなら家の方が気楽だろ」

明らかなご機嫌取りにホイホイ乗るのも何だか悔しくて、充哉は敬史郎を睨む。

「でもルームサービスとか、マッサージとかあるぞ。ここのホテル、大浴場も売りだし」

「……」

ルームサービスはともかく、マッサージやら大浴場というのは、座り仕事で全身凝《こ》りまくっている充哉にとって魅力的すぎる。

「……ほんと、しろって、俺の機嫌取るのうまいよな」

「趣味と実益を兼ねてるから」

何だそりゃ、と答えつつ、充哉は胸を焦《こ》がすような苛立ちや焦りがスルリと消えていくのを感じた。

敬史郎と恋人としてつき合い始めて、同棲を始めるまでは、いつでもそんな気分に振り回されて、自分でも手の施《ほどこ》しようがなかったのに。

「充哉はいつも仕事ばっかりなんだから、週末くらい俺に独り占めさせて」

そのうえ敬史郎は、こんな恥ずかしい言葉を平気で連発する。これまで我慢していたのを解き放っているのだそうだ。長年、敬史郎が自分に対して保護者の態度を貫いているのが嫌だったし、こっちは敬史郎が全部だというのに敬史郎の中の自分なんて世界の何パーセントでしかないだろうなと考えるにつけ悲しがっていたのが、馬鹿馬鹿しく思えてくる。

「たった今、仕事のせいで知らない女にしろ取られてた俺に、それ言う?」

「俺は最初からミツのものでしかないよ」

敬史郎が、充哉の指に自分の指を絡《から》めるようにしてくる。

「……見られていいのかよ?」

振り解《ほど》く気もないのに充哉は訊ねた。先刻の女性たちがまだ近くにいるかもしれないし、他にも『イズミケイシロウ』を知っている誰かの目に留まるかもしれない。

「ただの会社員が恋人とデートしてるのを誰かに見られて、特に困ることもないだろ」

敬史郎は平然とした顔で、充哉と手を繋いだままホテルに向けて歩き出している。だったらこっちが気にする筋合いもないしと、充哉も敬史郎の隣に並んだ。

2

「なるほどー、それで仲睦《むつ》まじくモーニング食べたあと、歩いて行けるホテルにわざわざ宿泊して、素敵なお部屋でスイートな一日を過ごしましたとー」

ビールを片手に、充哉《みつや》の向かいの席に座った井上《いのうえ》がうんうんと何度も頷く。

「で、何で秋津《あきつ》さんといい伊住《いずみ》先輩といい、逐一《ちくいち》そういうの俺に報告するのかな。いやいいんですけど別に」

居酒屋の半個室。充哉がこうして井上と二人で飲むことも珍しくなくなってきた。井上は充哉が学生時代に作っていたインディーズゲームのファンで、今は非公開になっているそれらをまた公開しましょうとか、あわよくば新作を作って発表しましょうとか、けしかけるために声をかけてくるのだ。

充哉も暇ができたらそれも悪くないかと思いつつ、ゲーム制作の話など横に置いておいて、敬史郎《けいしろう》との間にあったことばかり井上に話している。

「別におまえに報告とかしてるつもりはないけど」

「そりゃ秋津さんはそうでしょうけど、壁に向かって話すのも俺に向かって話すのも同じくらいなノリでしょうし」

と言いつつ、井上はそういう扱いを不満に感じている様子もなかった。こいつは変わり者だな、と自分を棚上げして充哉は思う。

「でも伊住先輩は報告ってか、牽制《けんせい》してるんだろうなーって思いますよ、秋津さんと仲いい俺を妬《ねた》んで」

「別に仲よくないのにな」

「そういうのも秋津さんは裏表なく素で言ってるのはすっげぇよくわかるからいいんですけど、伊住先輩は俺をいびるためにピンポイントで、しかも笑顔で毒吐いてるのが腹立つんだよなあ」

「何？　敬史郎の悪口？」

「こっちはこっちで伊住先輩信者だし。まあ俺も、秋津さんと会うまで、伊住先輩があんなヤべぇ人だってわからなかったから、普通に尊敬してましたけど」

「ヤべぇ人？」

「いやヤべぇでしょ。秋津さんと出会った小学生の頃から、自分のモノにしたいって十年以上根回し続けてたの」

「……うーん……」

井上の言うことが、充哉にはぴんとくるような、こないような、だ。

「全然俺だけのものになってくれなかったから、こっちはいろいろ大変だったんだけど。というか、俺を敬史郎だけのものにしてもくれなかったし」

「そこがねぇ伊住先輩の面倒臭いとこなんですよねぇ、話聞いた限り、そもそも秋津さんの世界には最初から伊住先輩しかいなかったのに、わざわざ秋津さんに外の世界を見せて自分以外の選択肢を与えた上で自分を選ばせようみたいなね。ていうかそういうことしてたんなら、俺と秋津さんが仲よくなってるのにいちいち嫉妬してイビるなっつーの」

井上の言葉の後半は独り言のような調子でブツブツ言うだけだったので、充哉にはよくわからなかった。

「まあ今がハッピーならよかったじゃないっすか。伊住先輩が知る人ぞ知る感じになってきちゃって、知らない人から声かけられるのとかはちょっと邪魔臭いかもしれませんけど。テレビ出てる芸能人でもないんだし、外歩けなくなるってほどにもならないでしょ」

「芸能人でもないのに、何でカタカナ名とか使ってんだ」

一般の会社員が、本名ベースとはいえ芸名のようなものを使っているのが、充哉には謎だ。

「身バレ防止じゃないですか、普通に」

「顔出ししておいて身バレも何もあるのかよ」

「でも『イズミ』って音だけだったら、大抵の人は泉とか和泉って文字浮かべるじゃないですか。ケイシロウも、漢字の選択肢は幅広いし」

「……？　何の話？」

井上が何を言わんとしているのかいまいち汲《く》み取れず、充哉は眉を顰《ひそ》める。

　すると井上は「あれっ？」というような表情で、充哉を見返した。

「ほら、先輩のフルネームを検索したら、出てきちゃうでしょう？　ニュースの記事とかで……」

　どことなく言い辛《づら》そうになる井上の口調に、充哉はさらに眉根を寄せてから、はっとなった。

「……そうか……」

　たしかに『伊住敬史郎』とインターネットで検索すれば、十六年前の事故のニュースが出てくるのかもしれない。

　敬史郎の両親が亡くなった交通事故の記録が。

　充哉は検索したことなんてないし、当時もニュースになど興味がなかったから、実際どんな報道だったのか知らない。だが事故の内容からしても、かなり世間を騒がせたのだろうという想像はつく。目の前で両親を亡くし、救助されるまで彼らと共に車に閉じ込められていた小学生の子供。事故の加害者を雇《やと》っていた運送会社の労働環境が劣悪だったことが明るみに出て、社会問題としても扱われたせいで報道が過熱したとも聞いた。敬史郎の名前は途中から匿名《とくめい》になったものの、事故当時の記事は、未だインターネット上に残っているだろう。

「そういうのに気づかれたら、特にネットだと嫌なふうに騒ぎ立てる人間もいるから、自衛してるんだろうなって思ってました」

「……」

充哉は俯《うつむ》いて、視線を自分の手許《てもと》に落とした。

「……俺、そんなこと思いもつかなかった」

「そりゃ伊住先輩はわざわざ言わないでしょうしね」

井上の言うとおり、敬史郎はいちいちそんなことを充哉に報告したりしない。そもそも事故のことを、彼が自分から口にしたことは、充哉が覚えている限り一度もない。

「会社の方でも、もしそういう取材が入ったとしても先輩のところに行く前にシャットアウトするって方針だって言ってたから、そんな心配しなくても大丈夫ですよ。ほら、芸能人でもないのにって、秋津さんも言ってたじゃないですか」

ひどく落ち込む様子の充哉を見た井上が、少し慌てたようにフォローしている。だが充哉が重たい気分になったのは、敬史郎が心配だったからではない。

自分が情けなかったからだ。

(しろの本当の親のこと、俺は全然考えたことがなかった……)

事故のことにも、亡くなった敬史郎の両親についても、まったく関心が向かなかった。

(ある日急に親が死んじゃったから、自分とか俺とかも突然死んじゃうかもしれないって、しろはずっと怖がってたのに)

絶対はないと敬史郎が言うまで、充哉はその怯《おび》えにまったく気づかなかったのだ。

(俺がもっとまともな人間だったら、しろがどんな気持ちで生きてきたかとか、ちゃんと考え

られたんじゃないのか)

情けなさ過ぎて泣きたくなる。

敬史郎以外の他人には興味がない自覚はあったが、敬史郎に深く関わる人に関心を向けられず、そのせいで、敬史郎の気持ちすら考えられていなかったのだ。

「マジそんな落ち込むとこじゃないでしょ、どうしたんですか秋津さん」

小さく啜《すす》り上げた充哉に、井上がさらに狼狽《ろうばい》した様子になっている。井上には、充哉が敬史郎の名前について気づかなかったことを悔いているだけに見えているのかもしれない。それだって、理由を想像できなかったどころか、芸能人ぶってるなどと苛立ちすら感じていたことが恥ずかしい。変に有名になりつつある敬史郎の立場が、ただ気に喰わなかったなんて。

「井上にだってわかったこと、俺にはわかんなかったんだ」

「いや俺は、大学時代にちょっと噂になってたの知ってましたから。話題が話題だけにその時は変に広める奴とか、伊住先輩に直接聞く奴もいなくて、有耶無耶《うやむや》に収まりましたけど、そういう問題もあるんだなってわかったっていうか」

「……俺だって、あいつが家に来たばっかりの頃、周りのうるさい大人がいろいろ言ってくるから、事故がどんなものか、敬史郎がどんな目に遭ったかは知ってたんだ。でも俺は敬史郎が家族になったのが嬉しいだけで、気を遣うとか慰《なぐさ》めるとか全然思いもつかなくて……」

うるさく言ってくる周囲の人間が嫌で考えたくなかったとか、敬史郎の心中を想像するのが辛《つら》かったから避けていたとか、そんな理由ですらない。

本当に、興味がなかったのだ。

意図的に避けようとしたわけでもなく、何も感じなかった。

考えなければと思ったこと自体、一度もない。

「命日《めいにち》とか、法事とか、あったはずなんだ。多分俺も何回忌《なんかいき》とかの集まりには連れていかれた気がする。でもすごく退屈で、ぐずって、敬史郎に……帰りたいとか……」

敬史郎には親しい付き合いのある親戚がおらず、だからこそ秋津の家で彼を引き取ったのだ。三回忌や七回忌などの法事も充哉の両親が手配して、充哉はその集まりに連れて行かれたはずだ。だが僧侶の念仏《ねんぶつ》が嫌で、説教もつまらなくて、ひたすら不機嫌だった記憶しか甦《よみがえ》ってこない。

ぐずる充哉を宥《なだ》め、面倒を見ていたのは、敬史郎だ。両親に窘《たしな》められても叱られても不貞腐《ふてくさ》れて霊園から出て行こうとする充哉の手を取り、敬史郎はいつもと変わらない笑顔を見せていた。敬史郎に、「ごめんな、つまらないよな。もうすぐ終わるから、そうしたら、早く家に帰ろうな」とまで言わせてしまった。

(最悪だ、俺……)

そのことも今まで忘れていた自分に、充哉は絶望的な気分になってくる。

親を亡くした敬史郎に、自分は一体、何を言わせたのか。

朧気《おぼろげ》に当時のことを思い出すにつれ、とても正気を保っていられなくなる。

「あっ、ちょっと、勘弁してくださいよー、秋津さん潰れたら、俺がまた伊住先輩にいびられるんですから！」

充哉は止めようとする井上にも構わず、どんどんビールを胃に流し込んだ。

◇◇◇

目が覚めた時、見知った天井が視界に入ってきた。

「ん、起きたか？」

少し身動《みじろ》ぐと、間近から敬史郎の声が聞こえる。充哉は自分が自宅のベッドの上——敬史郎の部屋で、敬史郎に抱き込まれて眠っていたことに気づいた。どうやら井上と飲んでいて酔い潰れ、敬史郎が迎えに来て連れ帰ってくれたらしい。いつものお決まりパターンだ。敬史郎が店に来るところからベッドに入るまで一切の記憶がないのは久々だが。

「ちょっと温《ぬる》くなってるかもしれないけど、水飲むか？」

頷くと、敬史郎が充哉ごとベッドの上に身を起こした。サイドボードに置いてあったミネラルウォーターを手に取り、キャップまで開けて、充哉の手に握らせてくる。喉《のど》が渇《かわ》いていたので、温い水でも充分ありがたかった。

充哉が敬史郎の隣でヘッドボードに凭《もた》れるようにしながら時計に目を凝《こ》らすと、夜中の二時を過ぎている。すっかり寝こけていたようだ。酔いはもうほとんど醒《さ》めていた。

「またずいぶん飲んだな。潰れるのは俺がいる時だけにしろって言ってるだろ」

敬史郎は仕事絡《がら》みの飲み会で遅くなる予定だったはずだ。だから充哉も井上の誘いに応じた。

「……ごめん。予定邪魔した？」

井上から連絡を受けて、敬史郎は自分の飲み会を切り上げてしまったかもしれない。そう思ったら申し訳なくて、充哉はペットボトルを両手に握り、俯いてしまう。

「いや、井上から連絡来たのはちょうどこっちの飲み会が終わる頃だったし、二次会は行かないつもりだったから。——どうした？　ミツがそんな素直に謝るとか」

少し茶化した口調で敬史郎が訊ねてくる。充哉はいつだって敬史郎が自分以外のものを優先することがあれば不満だったし、自分のために何かを差し置いて行動してくれることを、喜んでばかりいた。

（どうしてそれで、ずっと平気な顔してられたんだろう）

井上と話しているうちに気づいた自分の情けなさは、酒で流して考えないようにしていたはずなのに。

敬史郎のそばにいると、気づいた瞬間の百倍は胸が苦しくなる。

「ミツ？」

顔を伏せる充哉に、敬史郎は怪訝《けげん》な様子になった。

「気分悪いのか？」

「……しろは、過保護すぎるんだよ」

そのうえ長年の癖で、こんな言い方しかできないことが、ますます情けない。

「いちいち迎えに来てくれなくても自分で帰れるし」

「無理だろ、俺が店に着いた時は完全に寝てたぞ、ミツ」

「一晩くらいその辺の道に転がしておいたって、死ぬわけでもないのに」

「俺がミツにそんなことさせるわけないだろうが」

俯いた頭に、ポンと優しく掌《てのひら》を載せられた。

「どうした？　何か考えごとか？」

落ち込んでいることなんて敬史郎にはお見通しだ。充哉はたまに、自分のことで敬史郎にわからないことなんてないのではと思う時がある。

「……俺はしろにもらってばっかりで、何もあげられてない」

身動ぎ、ベッドの上で膝を抱える。そこに顔を伏せて、充哉は小声で呟いた。

「そうか？」

「そうだよ。おまえずっと俺の面倒見てばっかりで……」

「好きでやってることだしな。この間も言っただろ、ミツの面倒見るのは、俺の趣味だし実益にもなるって」

「……趣味はともかく、実益って？」

「んー……生きる糧《かて》？」

敬史郎の掌に、頭を撫でられた。それが気持ちよくて、充哉はあっという間に落ち込みとか、自己嫌悪が吹き飛んでしまいそうになる。

「ミツが俺の負担とか手間とかについて考えられるようになったのは、すごくいいことだし、盲目的に俺に庇護《ひご》されたいって思うところから抜け出してもらいたかった俺の希望にも適《かな》ってるから、嬉しいんだけどさ」

「……うん」

敬史郎の手は充哉の肩に回り、そっと、抱き寄せられる。充哉は大人しく敬史郎の体に凭れた。

「だからこそ、気にしなくていいんだよ。井上の前で酔い潰れちゃうのはどうかと思うけど。ミツはもうちょっと酒の量を把握しな、最近はちゃんと自分の限界ラインわかって、ちょうどいいところでやめられてただろ」

「……」

充哉が歩けなくなるほど酔うのは、いつも敬史郎絡みで鬱屈《うっくつ》が溜まっている時ばかりだ。アルコールに弱いから、酒を飲むと仕事にならなくなるし、ゲームの操作も覚束《おぼつか》なくなるし、好きな本も読めなくなる。だから、仕事もゲームもやってられないくらいの精神状態の時に、半《なか》ば自棄糞《やけくそ》で飲んでしまうのだと思う。

さっきだってそうだった。自分のしてきた——してこなかったことに向き合うのが嫌で、飲んで、やり過ごそうとして。

なのに何をどう落ち込んで、悔やんでも、どうせこうして甘えることはやめられない。

「……何か、わかった」

溜息交じりに呟く充哉の隣で、敬史郎が小さく首を傾《かし》げる。

「ん?」

「めんどくさいこと考えずにしろに甘えるために、それ以外のところを、俺はもう少しちゃんとしないと駄目なんだろうなって。……そういうこと、しろがずっと言ってたんだなって……」

正直なことを言えば、敬史郎がどうして彼以外のものに自分の目を向けさせようとしてきたのか、充哉には理解が及ばないところがあった。そうしなければ敬史郎が一緒にいてくれないということだけはわかったから、形ばかりそうしようと思っていただけなのだ。結果的に、井上やクリエイター仲間たちが自分を受け入れてくれて、人付き合いに面倒がついてこなくなったから、上手くできている気がしていただけでしかない。敬史郎だけがいればいいと思ってしまうことを、ずっとやめられずにいた。

(……でも、そんなふうだから、肝心のしろのことまで、わかんなかったんだ)

敬史郎のことではなく、敬史郎と一緒にいられる自分のことしか、頭になかったのだと思う。

少し前までなら、それでいいと信じ込んでいられた。

でも今は、敬史郎が悲しい思いや辛い思いをすることも、絶対嫌だと感じる。

「俺だけいい目を見てるんじゃ、駄目なんだ。俺はしろがしてくれるみたいに、しろのことちゃんと幸せにしたい。それも結局、自分がしろに申し訳ないなとか、後ろめたさ感じながら一緒にいるのが嫌っていうだけで、すごく利己的なことかもしれないけど……」

言う途中で、敬史郎に頭を撫でられた。

「それが利己的なら、俺だって充分利己的だよ。自分がミツとずっと一緒にいられるようにするために、強引に俺以外のことも考えさせようとしてきたんだしさ」

そういう敬史郎のことを、井上は『ヤべぇ』と言っていたが、どこがヤバいのか充哉にはわからない。

「そんなの、嬉しいだけだよ」

呟く唇に、敬史郎の唇が軽く触れた。

「俺も。今すごく嬉しい、ミツがいろいろ考えてくれて、落ち込んでるのもわかってるのに」

「……しろのことじゃなきゃ落ち込まない、こんな」

まだ間近にある敬史郎の唇に、充哉は自分からも触れた。ただ触るだけでは物足りなくて唇を開くと、敬史郎もすぐに同じようにして応じてくる。舌同士を絡めるようなやり方は敬史郎に教わって、少しは慣れてきた。

「ん……」

慣れたから平気になったわけではなく、それが親密な触れ合いに繋がる合図だと理解して、ぞくぞくと体の底から快感が湧き出るようになってしまった。

いつもは敬史郎の方からより熱心にキスを深めて、充哉はそれに応えるので精一杯だ。だが今日は何となく、自分からも積極的に相手の口中《こうちゅう》に舌を差し入れ、唇を食《は》んだり、音を立てて吸ってみたりと、敬史郎を真似てやってみる。

「……ミツ?」

気づけば敬史郎の足に乗り上げるような格好で相手と向かい合い、頬を両手で挟むようにして、夢中でキスをしていた。敬史郎がそんな充哉に、少し訝《いぶか》しげな様子で呼びかけてくる。

「可愛いし、嬉しいけど。どうした?」

「……たまには、俺だって敬史郎に何かしたい」

キスだけでもう息を乱しながら、充哉は敬史郎に告げる。

「いつもやられっぱなしで、悔しいし」

されるばかりなのが悔しいのも本音だが、それよりも、敬史郎をもてなしたいような気分の方が大きい。

(今日は嫌だとか駄目だとか、言わない……)

気持ちいいのに、それに翻弄《ほんろう》されることに戸惑って、すぐに嫌がるような言葉を口にするのを止《や》めたかった。いつまでも恥ずかしがるところではない気もしている。

「今日はしろは、何もしないで」

そう言って、敬史郎のパジャマに手を伸ばす。ボタンを外していく充哉を見る敬史郎の面持《おもも》ちは、どことなく、おもしろがっているふうにも見えた。悔しいよりもてなしたいと思ったばかりなのに、余裕しかない相手の顔に、充哉はムッとする。

(みっともない顔させてやる)

自分が敬史郎にさせられているみたいな、ぐしゃぐしゃの顔を相手にもさせてやりたい。

小さな野望を胸に、充哉は敬史郎のパジャマのシャツの前をはだけ、首筋に唇をつけた。敬史郎のやり方を思い出しながら、肌を吸ったり、軽く歯を立てたりと試《こころ》みる。

「……っ」

敬史郎が小さく震えるので、してやったりとちらりと見上げるが、どうも気持ちよくて震えたというよりも、くすぐったさを堪《こら》えている感じしかしない。

(なんで。俺はここうされると、ぞわぞわして大変なのに)

ムッとした顔をしていたら、敬史郎に尖らせた唇を奪われそうになった。充哉は慌てて相手の顔を掌で押さえる。

「駄目、敬史郎は動かなくていい」

結局『駄目』と言ってしまったが、この場合はまあ、いいだろう。

「わかった」

敬史郎は殊勝《しゅしょう》に頷いて、ヘッドボードに身を預けている。気を取り直し、充哉は恥ずかしさを押し殺しながら、今度は敬史郎の胸の先に唇をつけてみた。

（あれ？）

自分だったら、敬史郎の吐息がかかるだけで震えてしまうのに、充哉が乳首に唇をつけてみても、敬史郎は無反応だ。

「何で？　気持ちよくない？」

「いや、気持ちいいよ」

笑って答える敬史郎の顔は、どうも、上っ面《うわつら》だけの雰囲気だ。充哉には気に入らない『兄』ぶった表情にすら見えて、つまらない。

「どこなら気持ちいいんだよ」

「ミツが触ってくれるならどこでも」

「……」

余裕しか感じられない敬史郎の態度が、おもしろくなさすぎる。どうにか反応させてやりたくて、充哉は一瞬の覚悟を決めると、おそるおそる敬史郎の腰の方へと手を這わせた。

そのまま体の中心に掌を滑《すべ》らせると、

（……あ）

敬史郎のそこがしっかり反応していることがわかって、充哉は何となく、目許を赤らめる。

（本当に、気持ちよかったんじゃん）

平然とすました顔をしておいて、体の方は、ちゃんと応えてくれている。充哉は嬉しくなって、パジャマ越しに、敬史郎の股間《こかん》をそっと撫でた。自分からそこに触れるのは初めてだ。いつも敬史郎に触られるばかりで、そんな余裕がまったくなかった。

「ミツ」

呼ばれて見上げると、敬史郎が小さく唇を鳴らしている。猫とか犬でも呼ぶような仕種だったが、妙に可愛く見えて、充哉は胸を高鳴らせながら敬史郎にキスした。再び舌を絡め、掌に触れる敬史郎の膨《ふく》らみを撫で続ける。布越しでもわかる形をなぞるように指を這わせて、それが少しずつ固く、大きくなっていく感触を確かめた。

（触ってるだけなのに……何か、すごい）

充哉は自分の鼓動が早くなるのを感じた。触れているだけで興奮してくる。触られていないのに、自分まで敬史郎と同じ場所が固くなってくるのがわかって気恥ずかしい。

「あっ……」

その上、敬史郎の掌に背中を撫でられ、その動きがやたら意味ありげだったせいで、つい背《そ》中を反らしてしまった。

「しっ、しろは、触るなって」

「支えてるだけだよ」

「ちょっ」

今度は腰骨の上辺りを両手で押さえられる。そこに触れられると弱いことを知っているくせに、何が「支えてるだけ」なのか。

「駄目、やだ」

敬史郎の肩口に額を押しつけ、小さく首を振る。気が昂《たか》ぶっていたせいなのか、少し撫でられただけで変に体が反応して、びくびく震えてしまうのが、我ながら信じられない。

（違う、しろの触り方がやらしいんだ）

敬史郎の手は、ただ腰を押さえて支えるだけではなく、微妙に指が動いている。かといってそれだけでこうも顕著《けんちょ》に震え出す自分が他愛《たわい》なさすぎて、充哉は狼狽した。

（今日は絶対、俺が、しろを気持ちよくするんだって）

流されないようにと、充哉は浅く息を吐きながら敬史郎のパジャマのズボンに手をかけた。ゴムをずり下げようとしてから、自分が相手の脚に乗っているせいでそれを脱がせられないことに思い至る。仕方なく、そのままおそるおそるの仕種で、敬史郎の下着の中に手を差し入れてみた。

（……熱い……）

敬史郎の性器は布越しに触れた時よりも固く、熱を持っている。あまりまじまじ見たことはなかったし、手で触れるのもこれが初めてで、充哉は自分で進んでやっておきながら、ひどくいやらしいことをしている気がしてきて、また動揺する。

(ほんとに今まで、全部しろにされっぱなしだったから——)

戸惑いつつも、ここで引き下がるわけにもいかず、思い切って敬史郎の茎《くき》を掌で握り込んでみた。小さく敬史郎の肩が震えたことに気づいて、また気が昂ぶってくる。心臓がうるさく鳴っているのを自覚しつつ、そっと掌を上下に動かした。

敬史郎がどんな顔をしているのかたしかめたくて、ちらりと見上げると、こちらの様子をじっとみつめられていた。充哉は慌てて目を伏せる。いやらしい顔を見てやろうと思ったのに、こっちが焦《あせ》っていたら世話がない。

(しろはいつも、この辺とか、触って……)

根元から茎を擦《こす》り上げ、先端の張り出した部分まで指で刺激する。自分ならそれだけでもう腰砕けで、変な声まで漏らすのに、敬史郎は溜息ひとつ零《こぼ》さない。——が、掌の中で、熱はさらに高まっている気がする。

(……え、こんな感じなのか)

これがいつも自分の中に収まっているのか、などと考えたせいで、充哉の方がどっと赤らんでしまう始末だ。目で見た時もその存在に圧倒されるが、触れてみるとまた、大きさに怖くなってくる。

怖いくせに、それ以上にまた、興奮した。そのせいかうまく手を動かせない。どうも拙《つたな》すぎる仕種になって、これでは敬史郎を気持ちよくしてあげられているのか、ちっともわからなかった。

「……しろ、もう、入れる?」

こんな下手くそな愛撫より、さっさと挿入した方が、敬史郎も気持ちいいかもしれない。

そう思って目を伏せながら充哉が訊ねると、頬にキスされた。

「なら、準備しないとな」

「……いいよ、別に」

「馬鹿」

敬史郎が苦笑する。また背中を撫でられ、充哉は小さく身震いした。

「今ミツの手の中にあるの、そう簡単に入ると思ってるか?」

挙句《あげく》耳許で低く囁かれて、震えが止まらない。今日は自分が一方的に敬史郎に触って、気持ちよくさせて、あわよくば乱れる様子を見てやろうという野望があったはずなのに、なぜ触れてもいない自分ばかりうろたえているのか、充哉には腑《ふ》に落ちなかった。

「ミツが自分でするなら、俺は手を出さないけど。いつも俺がやってるみたいに、ローションで中濡らして、指で解《ほぐ》して柔らかくして、ちゃんと俺のが入るように」

腰を摑んだままだった敬史郎の指が、充哉の尻の方に移動する。割れ目を辿《たど》るようにしながら敬史郎に囁かれ、充哉はたまらず、相手の首に縋《すが》りついた。

「どうする？　ミツがするとこ、俺が見ててもいい？」

「……」

充哉にできるのは、力なく首を横に振ることだけだった。全部敬史郎の思い通りになっているのはわかっていても、「自分でやる」とはどうしても言えない。そんな姿を敬史郎に見られると思うだけで、恥ずかしくて死にそうだ。

（て、いうか、いつも敬史郎にしてもらってるのだって、充分……）

いつもはキスや愛撫で体も頭もぐずぐずになっているから、あまり深く考えずにすんでいたのだ。改めて考えたら、そんなところを濡らされて、解されて——この手の中にあるモノを入れられて、それで気持ちよくなるとか、正気の沙汰《さた》ではない気がしてくる。

なのに、じゃあもうやめるとも言い出せない。敬史郎を気持ちよくさせるという意気込みはとっくに潰《つい》えて、勝手に興奮するばかりの自分に、充哉は途方に暮れた。

「……しろがして」

蚊の鳴くような声で言った充哉の言葉を敬史郎は聞き逃《のが》さず、今度は反対の頰にキスしてから、充哉の腰を軽々持ち上げた。敬史郎の脚を跨《また》ぐように膝立ちにさせられる。下着ごとズボンを引き下ろされて、剝《む》き出しになった肌を優しく撫でられた。充哉が敬史郎の首に抱きついていて、動きづらいだろうに、敬史郎は文句も言わない。

じっと待っていると、間もなく濡れた敬史郎の指が尻の狭間《はざま》に触れた。毎度、敬史郎がローションだのコンドームだのをベッド周りのどこにしまっているのかすら、充哉にはわからない。今もいつの間にそれを取り出したのかもわからない。

「……あ……」

敬史郎の掌で温められたローションが、指二本に絡められ、充哉の体の中に塗り込められていく。濡れた指が尻の狭間を押し分けるように内部に潜《もぐ》り込み、たっぷりとローションで濡らされた後、くちくちと音を立てながら内壁《ないへき》を擦《こす》った。

「んっ、ん……、……ふ……」

声が堪えようもない。充哉は敬史郎にされるまま、腰や腿《もも》を強張《こわば》らせ、浅い呼吸の合間に切羽詰《せっぱつ》まったような小声を漏らした。

「ぬ、濡らすだけで、いいから」

今日は少しも前に触れられていないのに、充哉の性器はすっかり上を向いている。そればかりか、先端の小さな口が物欲しげに開閉して、だらしなく透明な体液を零す始末だった。目論見《もくろみ》とはまったく違う自分の反応に頭がくらくらする。

「うん、じゃあもうちょっと、ちゃんと濡らそうな」

「──あっ、駄目、そこだめ」

ぐるりと指を中で回され、腹側の浅いところを刺激されて、充哉はたまらず高い声を漏らしてしまった。敬史郎の指は三本に増えていて、充哉の中を拡《ひろ》げるようにしながら小刻みに抜き差しされている。その動きだけで充哉は追い詰められつつあった。

(指で、いく……っ)

さっさと敬史郎に挿入させるどころの話ではない。敬史郎も多分わかってやっている気がして腹が立ってきて、おかげで意地になって、縋りついていた相手の体から離れることができた。

「し、しろだって、もう、辛いだろ」

ぐすぐすと鼻を啜《すす》りながら、敬史郎の肩を両手で押し遣《や》るようにして身を起こす。自分ばかり快楽に弄《もてあそ》ばれていたらますます腹立たしかっただろうが、敬史郎は敬史郎で、ズボンの下にあるモノは上を向きっぱなしだ。充哉がズボンを脱がそうとすると、今度は敬史郎も腰を上げて協力してくれた。現れた性器の様子を正視できず、充哉は慌てて目を逸《そ》らす。その間に、敬史郎は実に素早くコンドームを自分自身に装着していた。

そのままこちらをベッドに寝かそうとする敬史郎の動きを見て、充哉は相手の腕を押さえてそれを止めた。

「ミツ?」

不思議そうな顔をする敬史郎の性器を、思い切って、両手で摑んで支える。敬史郎の両眼が軽く驚いたように見開かれるのを見て、ようやく充哉の溜飲《りゅういん》が少しだけ下がった。

だが余裕なんてちっともないまま、敬史郎の先端を、自分の足の間に宛《あ》てがう。

敬史郎が再び充哉の腰を支えてくれた。今度は指で変な悪戯《いたずら》をすることもなく、慎重な仕種だった。

「……ふ……」

充哉は強張りそうな体を何とか弛《ゆる》め、ゆっくりと敬史郎を飲み込みながら、腰を落としていく。いつもは敬史郎が時間をかけて入り込んでくるところを、今日は自分から迎え入れた。だが圧迫感に怯んでどうしても身が竦み、なぜか額や背中から汗が湧き出てくる。何度も深呼吸を繰り返し、ときおり息を詰めて、どうにか最後まで敬史郎を体の奥まで受け入れた。

「……ん……、……っ……」

繋がったところが脈打つように疼《うず》いている。その疼きに合わせたように、充哉は身震いする。背中がぞくぞくして止まらなかった。

(何か……もう、すっかり……しろとするための体になってる……ような……)

体がもう、快楽を覚えてしまっている気がする。繋がっているのがただ気持ちいいだけではなく、もっと強い悦楽を期待して震えっぱなしだ。

(で、でも、奥に当たるのは、強すぎるから……)

あまり刺激が強すぎると、またわけがわからなくなってしまう。充哉はこの体勢で繋がったことを少し悔やんだ。これでは自分の苦手なところ——良すぎて思考が吹き飛んで、みっとも

なく声を上げるばかりになるところに敬史郎の昂ぶりが当たり続けてしまう。

もっと浅いところで、と思って少し腰を浮かせる。ずるりと、中で敬史郎が動く感じに反射的に息を詰めた。

知らずに俯いていたが、すっかり勃《た》ち上がった自分の性器が目に入るのが気まずくて視線を上げると、敬史郎がじっと自分の顔を見ている眼差《まなざ》しにかち合ってしまった。充哉は慌てて敬史郎の目を両手で塞《ふさ》ぐ。

「何？」

敬史郎は笑っている。余裕っぽい態度にかちんと来た。

「見るな」

「そういうプレイ？」

「……」

「痛い痛い」

耳を引っ張ってやると、敬史郎がますます笑った。こっちはもう気分も体も逼迫《ひっぱく》しているというのに、悠然《ゆうぜん》とした敬史郎の様子が悔しい。

（もっと、動いて、しろもアンアン言わせてやる）

——などと決意したところで、動けば自分の方がさらに追い詰められ、息が上がって、声を抑《おさ》えられなくなるだけだと気づいたのはたった数秒後だ。

「ぁ……、ん、んっ」

しかも大してうまく動けないうえに、ひどく恥ずかしいことをしている気分になってきて、せいぜい前後に揺らすくらいだというのに。

（で、でも何か、腹の内側のとこ、当たって……）

奥が嫌だと避けていたら、今度はいつも敬史郎の指でさんざん責められるところを擦るような感じになってしまった。

（駄目だ、どう動いても、気持ちいい……）

結局充哉は動けなくなった。敬史郎の体に凭れたまま、ただ荒く息をつく。

「もう終わり？」

敬史郎の口調は別に揶揄《やゆ》するようなものでもなかったが、笑いを含んで聞こえたので、やっぱり悔しくなって充哉は相手の腕を殴った。全然力は入らなかった。

「ちょ……ちょっと休んだら、するから」

こんな拙い動きしかできなかったというのに、さっきからもうイキそうだった。張り詰めきった性器の先端から、止めどなく透明な体液が流れ続けている。たまには先に敬史郎をイかせてみたい、というのも充哉の密《ひそ》かな野望だったのに。

「でも俺が、我慢できないいな」

「えっ……」

ちっとも『我慢できない』ふうには聞こえない声で言ったかと思うと、敬史郎が先刻よりも強い力で充哉の腰を摑んだ。そのまま下から軽く身を突き上げられ、充哉は声もなく体を固くした。

「……ッ……」

強い刺激に目が眩《くら》む。体を揺さぶられながら腹の中を敬史郎の熱で擦られ、そのたびにぐちゅぐちゅといやらしい水音が上がって、それで充哉はまたひどく興奮する。

「じ、自分で動くって、いったのに……ッ」

これでは結局いつも通りだ。充哉が敬史郎に縋るように抱きつきながら責めても、敬史郎は動きを止めてくれない。

「ミツが可愛すぎて、無理」

無理とか駄目はこっちの台詞《セリフ》だ。敬史郎の動きはいつもよりもっと熱心で、休む間も与えられず奥を刺激され、充哉は敬史郎にしがみつくことしかできない。文句を言いたかったのに、短い泣き声を漏らすばかりになってしまう。馬鹿みたいに涙が出てくるのは、ひどい快楽に体か脳のキャパシティを超えたせいか。

（中、熱い、無理――）

敬史郎の吐息も短くて、荒い。態度は余裕ぶっているのに、動きと中の昂ぶりは抑えが効かないような感じがして、充哉もそのせいでますます平静さを奪われる。体の底の方から快楽が迫《せ》り上がってきて、それをやり過ごすこともできず、ぎゅうぎゅうと中の敬史郎を締めつけてしまう。敬史郎の動きがさらに荒くなった。

「んっ、ぁあ……ッ」

汗ばんだ敬史郎の肩口に目許を押しつけながら、充哉は身を強張らせて射精した。それでも敬史郎の動きは止まらず、中を擦られ続けると、イったはずなのにその快感が収まらずに辛いくらいだった。腹が波打つように痙攣《けいれん》して止まらない。いつもなら出したところで終わるはずが、ずっとイキ続けてるみたいで怖くなってくる。

「……んっ」

敬史郎も小さく身震いして、ようやくその動きが止まる。深いところで繋がったまま、多分敬史郎も、充哉の中でイった。

「……しろ……」

お互い達したはずなのに、余韻《よいん》が収まらず、泣き声で敬史郎の名前を呼ぶ。敬史郎が充哉の頭を起こさせ、両手で頬を包むようにしながらキスしてくる。充哉は力なく唇を開いて、ただ相手の舌を待った。一方的に口中を掻き回されることが悔しいのに、どうしようもなく気持ちいい。繋がったまま深く接吻《くちづ》けられて、何だか脳がドロドロに溶けていく感じがした。

敬史郎のキスはなかなか止《や》まず、息苦しくなって、充哉は自分から少し身を引いた。

「……も……やだ、ぐちゃぐちゃ……」

汗だか涙だかわからないもので顔が濡れてこそばゆい。体も汗だくだ。

「風呂行くか?」

濡れていることも気にせず、敬史郎が充哉の目許にも唇をつけながら訊ねてくる。

「……動けないよ、バカ」

「ちゃんと俺が運んで、洗ってやるに決まってんだろ」

ならいい、というつもりで、充哉も敬史郎の唇に唇をつけた。

「う、だめ、これ以上は」

敬史郎がすぐに充哉の唇を割って舌を差し入れようとするので、充哉は慌てて首を振る。

「駄目か?」

「疲れた……死んじゃう……」

そう訴えているのに、敬史郎に顎《あご》を押さえられ、結局また深いキスをされてしまった。

「し、しつこい、何で」

「何でって、井上に聞いたら、『それは秋津さんが悪いっすよ』って言うと思うぞ」

批難《ひなん》したつもりだったのに、ご丁寧に井上の口真似までする敬史郎に、充哉はつい噴き出してしまった。

「『そもそもどうしてそういう話を俺に聞かせるんですかぁ』って言うだろ、あいつは」

我ながら似ていない充哉の物真似には、敬史郎も声を殺して笑っている。

こんなところで名前を出されて井上もいい迷惑だろうな、と思える程度には、充哉も他人の気分がわかるようになってきたので、井上自身には言わずにおいてやろうと思う。

「充哉が死んじゃうと困るから、風呂入って、寝るか」

――敬史郎の前で迂闊《うかつ》に『死ぬ』などと口にしたことを充哉は悔やみかけたが、相手の顔が見ていて照れ臭くなるくらい愛《いと》しげなものだったから、落ち込まずにすんだ。

「洗うだけ、だからな」

そしてそう念押ししたのに、「わかってるよ」と敬史郎は笑って頷いたのに、その約束が果たされることもなく、充哉の『自分ばっかりされるんじゃなくて、今日は敬史郎をもてなしたい』などという野望は、叶わずじまいだった。

3

月が明け、充哉《みつや》は敬史郎《けいしろう》と約束通り旅行に行った。

敬史郎ご要望の宿に泊まり、申し訳程度に観光したあとはほとんどを宿の中でだらだら過ごすだけの休暇だったが、充哉を構って敬史郎は楽しそうだった。充哉もパソコンを持ち込んでおきながら全然仕事が進まなかったものの、敬史郎とうまいものを食べたりやたら豪華な温泉風呂に入ったりして過ごすのは、楽しかった。

「帰り、ちょっと寄りたいところがあるんだけど、いいか?」

「いいけど」

一泊した後、少し早めに宿を出て敬史郎が充哉を連れて向かった先は、以前何度か訪れたことのある場所だ。

(敬史郎の両親の……)

郊外にある霊園。広い土地に延々と墓碑《ぼひ》の続く道を敬史郎は迷わず歩き、『伊住《いずみ》家之墓』と刻まれた墓石の前に辿《たど》り着いた。

(……俺はあんまり、覚えてない)

一周忌《いっしゅうき》、三回忌、七回忌とここに来ているはずだが、やはり敬史郎にあやされていた以外

の記憶がほとんどない。十三回忌をやったのかどうかすら知らない。まだちっとも古びて見え

ない墓石の下に眠る人たちの命日《めいにち》がいつかすら、意識したこともなかった。

（……ごめんなさい）

初めて、詫《わ》びる気持ちで充哉はその前に立つ。

（敬史郎と家族になれて嬉しいばっかりで、ごめんなさい）

敬史郎は途中で購入した花を飾り、線香に火をつけて立て、墓石に水をかけている。充哉も見様見真似で線香をあげた。手を合わせて、もう一度「ごめんなさい」と敬史郎の両親に告げる。

（俺は敬史郎にいっぱい幸せにしてもらってるのに、全然、敬史郎に優しくできなかった）

後ろめたい気分で目を開けた時、隣にいる敬史郎が、じっと自分を見ていることに充哉は気づいた。

「……何？」

「いや。挨拶《あいさつ》してくれて嬉しいなってだけ」

「……」

これまで、充哉はここできちんと手を合わせた覚えすらないのだ。おそらく自分の両親に叱られるようにして、形ばかりそうしたことくらいはあったかもしれないが。

「何か報告してた？」

「報告……」

「敬史郎君を僕に下さい、的な？」

敬史郎の軽口に、充哉は笑えなかった。

「……俺ばっかりしろを独り占めしてごめん、って」

敬史郎は小さく笑うだけで何も答えず、墓石の前にしゃがみ込んだ。

「俺は、ミツのおかげで寂しくないから安心してって、毎回言ってる」

「――え？」

「この人たちがいなくなった時、『伊住敬史郎』も多分一回、死んだんだけどさ」

さらりと口にされた「死んだ」という敬史郎の言葉に、充哉は全身が冷えるような心地を味わう。

「ミツに会って『秋津《あきつ》敬史郎』になったから、俺は事故のこともこの人たちと一緒に暮らしてた時のことも忘れないまま、ちゃんと生きてこられたんだよ」

「……」

充哉も、敬史郎の隣にしゃがんだ。目の前の墓石を見遣《みや》る。

「事故のことは誰にも触れられたくなかった。秋津の両親も触れないようにしてくれてたけど、気遣いが伝わってきて少し辛い時もあった。でも、ミツは本当に、何も気にしてなかったからさ」

「……そういうのが、すごく、駄目だと思うんだけど。俺は、俺自身が」

「うん。それで少し落ち込んでたって、井上から聞いた」

「……口軽いな、あいつ」

「俺が聞き出したんだよ、井上と飲んだ後、ミツの様子がおかしかったから」

敬史郎に直接訊かれたところで、自分は答えなかっただろうと充哉は思うし、敬史郎にもそれがわかったのだろう。

「今こうやってミツが手を合わせてくれるの、嬉しいけどさ。でもあの頃、俺のことしか見てないミツのおかげで救われてた。本当は事故のあとずっと、どうして自分だけ助かったのかって考えて、ずっと、死にたかったんだけど」

「……」

穏やかな笑みを浮かべて言う敬史郎のシャツの背中を、充哉はぎゅっと握り締めた。さっきから、心臓が痛くて仕方がない。

「ミツが俺だけに執着してくれなければ、とっくにこの中にいたよ」

敬史郎は両親の眠る墓を見ている。

「……しろ」

せっかく話してくれているのに、聞いているのが辛《つら》くて、充哉はさらに敬史郎のシャツを握るように引っ張った。

「ごめんな。でも一回、ちゃんと話しておきたかったんだ。ミツが悔やむことなんて全然ないから。この人たちも、ミツに感謝してるよ」

「……これからちゃんと、変わるけど。しろが安心できるように、一人でも生きてけるようになって、それでしろのこと絶対逃がさないけど……でも、じゃあ、こういう俺でよかった」

話す途中で、我慢できずに涙が出てくる。うん、と敬史郎が頷いて、充哉の頭を撫でた。

「ミツのことも、もっと早く安心させられてればよかったって、俺の方が悔やんでるよ。今みたいに一緒に暮らせるようになるまで、ずいぶんやきもきさせただろ」

「いいよ、そんなの。そりゃすっごいイライラすることもあったけど、しろがいろんなこと教えてくれなければ、今みたいになれなかっただろうし」

以前のままの自分だったら、たとえば道端で『イズミケイシロウさんですか⁉』なんて声をかけてくる赤の他人に向かって罵詈雑言《ばりぞうごん》を吐いて、敬史郎の仕事を邪魔していたかもしれない。敬史郎に近づく人が全員嫌いで、自分に近づく誰にも関心が持てなくて、そんな姿を見た敬史郎を不安にさせることしかできなかっただろう。

(敬史郎のこと、ついでに俺のことも、守ってください。俺が死んだら敬史郎も嫌だと思うので)

こっそりと、充哉は伊住夫妻に向けて願ってみた。息子のことはきっと守るだろうが、自分が先に死ぬ方が、敬史郎には辛《つら》いに違いない。こっちだって敬史郎に先に死なれては嫌だから、

に思っておく。

できれば老衰《ろうすい》で、一緒に死にたいのでよろしくお願いしますと、まるで神さまにでも願うよう
「そっちに行くの、大分《だいぶ》遅くなると思うし、ミツと一緒ならここの墓には入れないかもしれないけど、いいよな」

敬史郎は敬史郎で、多分充哉と似たようなことを両親に語りかけてから、腰を上げた。充哉も一緒になって立ち上がる。

「ありがとうな、つき合ってくれて」

敬史郎の言葉に、充哉は小さく首を振る。

「俺も。連れてきてくれてありがとう。……また来る時は、俺も連れてって」

頷く敬史郎が嬉しげだったから、充哉は本当に、今日ここに連れてきてもらえてよかったと心から思った。

「じゃあそろそろ帰るか」

「うん」

幸い広い墓地に、人影はまばらだ。充哉は敬史郎の差し出す手を気兼ねなく握り返して、我が家に帰るために歩き始めた。

あとがき

AFTERWORD

―渡海奈穂―

兄弟＋幼馴染み＋高校時代を拗《こじ》らせた人たち、という、自分の好きなものをギュッと詰め込んだ一冊になりました。

充哉《みつや》と敬史郎《けいしろう》が自分にとってとてもわかりやすく書きやすい二人だったんですが、読んでくださった方的にはどうだったんだろう…と不安というか悩みどころです。好き勝手書く代わりに文庫にはしないでおこうと実は勝手に自分で決めていて、しかしとてもとてもありがたいことに雑誌の反応が好評だったので、思い切って今回まとめていただくことにしました。ご感想をくださった皆様本当にどうもありがとうございます。

雑誌の溺愛《できあい》特集号に掲載予定だったので、「溺愛とは」についていろいろと考えました。溺愛と執着の違いとか。溺愛は恋なのか愛なのか、執着は恋なのか愛なのか的な。

しかしこれという答えが出ない間に体調を崩してしまって、結局溺愛特集ではない号に載せてもらうことになったので（その節は大変ご迷惑をおかけいたしました）、保留のままです。溺愛も執着も愛も恋も全部入りな気がします。無理に答えを捻《ひね》り出さず、しかし考えることも止めずにいきたいなと思いました。何となく。

それはそれとして、井上《いのうえ》もとても書きやすかったです。当て馬的ポジションではなく、親友でもなく、恋愛に一切絡まないのにやたら事情を聞かされるタイプのキャラクターが世の中によくいる気がするんですが何と呼ぶんだこういうの？　ｐｉｘｉｖだったら「被害者井上」ってタグをつけられる感じ。井上についても割と細かい設定があったんですが、本当に主役二人の恋愛には一切関係ないのに書くこともないかと思って割愛《かつあい》しました。とてもいい人です。

雑誌に引き続き、カワイチハルさんにイラストを描いていただきました、ありがとうございます。前半充哉視点で本人が自分の容姿に頓着《とんちゃく》しない…という設定なので、ビジュアルでイメージできる形にしていただけるのがありがたいなと、今回ことさらに思いました。毎度毎度思いますが本当にイラストに八割方助けられております。敬史郎も格好《かっこ》いい、ありがたい…。

本当に好きなように書いた本ですが、お手に取ってくださりありがとうございます。少しでも楽しんでいただけてたら嬉しいです。

また別の場所でもお会いできますように！

渡海　奈穂

この本を読んでのご意見、ご感想などをお寄せください。
渡海奈穂先生・カワイチハル先生へのはげましのおたよりもお待ちしております。

〒113-0024　東京都文京区西片2-19-18　新書館
[編集部へのご意見・ご感想] 小説ディアプラス編集部「兄から先に進めない」係
[先生方へのおたより] 小説ディアプラス編集部気付　○○先生

- 初出 -
兄から先に進めない：小説ディアプラス22年ハル号（Vol.85）
二人の世界の向こう側：書き下ろし

[あにからさきにすすめない]
兄から先に進めない

著者：**渡海奈穂** わたるみ・なほ

初版発行：2023年6月25日

発行所：株式会社 新書館
[編集] 〒113-0024
東京都文京区西片2-19-18　電話（03）3811-2631
[営業] 〒174-0043
東京都板橋区坂下1-22-14　電話（03）5970-3840
[URL] https://www.shinshokan.co.jp/

印刷・製本：株式会社 光邦

ISBN978-4-403-52576-6